먹는 인생

작가의 말

인생을 살며 느낄 수 있는 기쁨 중에 '먹는 기쁨'을 빼놓을 수 있을까요?

먹고 마시고 씹고 맛을 느끼고,

여럿과 함께하기도 홀로 편안하게 즐기기도 하죠.

매일 당연하게 식사를 하지만 끝내고 나면 또 다음 식사가 기다려져요.

"오늘은 뭘 먹을까? 또 내일은?" 하며 시작되는 기대감과

첫 한 숟갈을 입에 넣을 때의 고양감,

다 먹고 난 뒤의 만족감은 항상 우리를 행복하게 합니다.

가끔 카드 결제 내역을 확인하고는 깜짝 놀랍니다.

음식이 제 소비의 대부분을 차지하고 있거든요.

그만큼 '먹는 기쁨'이 제 인생에서

커다란 만족감으로 자리하고 있는 것이겠지요.

달콤한 맛, 고소한 맛, 부드러운 맛, 심지어 쓴맛과 떫은맛, 매운맛까지…

단맛도 쓴맛과 함께할 때 더 즐거워진다는 걸 생각해보면
우리 인생도 음식과 비슷하다는 생각이 들어요.
어느 날은 달고, 어느 날은 너무 맵고, 또 어느 날은 너무 쓰죠.
하지만 그 모든 맛이 모여
우리 인생을 더 다채로운 맛으로 만들어주는 게 아닐까요?

오늘이 아이스 아메리카노처럼 썼다면,
내일은 카스텔라처럼 달콤할 거예요.
여러분의 식사 시간이 항상 즐겁고 행복하기를 바라며
먹는 인생을 살고 있는 독자분들께 이 책을 바칩니다.

홍끼 드림.

돈가스

어린 시절 엄마의
돈가스 사준다는 말.

병원 데려가려고
그러는 거지?

주사… 뭐… 맞으면
맞는 거긴 한데…

돈가스만 확실하게
사주신다면 기꺼이
가겠습니다.

머쓱 …

돈가스
먹으러 갈까?

…!

만화
삼국

당시 만화로 보는 『삼국지』에 빠져 있었던
나는 관우에 강하게 빙의되어 있었는데

뼈를 깎는 고통도
참아내는 의연함!

자전거를 타다가 넘어져
손목뼈가 부러졌을 때도
관우에 빙의돼 있다가

병원을 늦게 가기도 했다.

엄마 그거 알아?
나 뼈 부러졌다.

고통에도
의연한 나…!

응~ 뼈 부러지면
엄청 아프다~ ㅋㅋ

진짠데?

응. 뼈 부러지면
아파서 못 참아~

진짜라니까.

꺄아악

병원=돈가스?

병원
내일도 갈래.

여하튼 그 정도로 돈가스는
고통도 이길 정도의
유혹이라 할 수 있겠다.

그리고 돈가스는
어디에 붙여놔도 맛있지.

떡볶이 돈가스

냉면 돈가스

카레 돈가스

돈가스 덮밥

돈가스 우동

돈가스 김밥

피자 돈가스

돈가스 샌드

이렇게 반가운 뇌절은 없었다.

당연한 거 아닐까?

신발도 튀기면 맛있다는데…

튀기면 다~ 맛있어.

그냥 구워 먹어도 맛있는 돼지고기를 튀겼으니까!

지글

지글

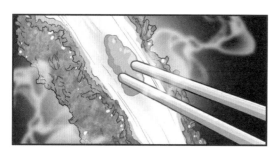

두툼한 돈가스 위에 고추냉이를 살짝 얹고

소금도 콕콕.

콕콕

음…!

겉은 바삭하고
속은 촉촉하게
육즙이 흘러나오네.

바삭…

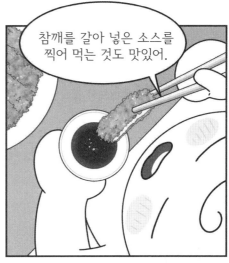

참깨를 갈아 넣은 소스를
찍어 먹는 것도 맛있어.

그렇지만
내가 가장 좋아하는 건
옛날 경양식 돈가스다.

MENU

후추를 톡톡 뿌린 수프를
먼저 먹고 있으면

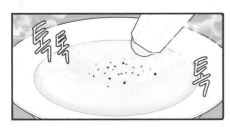

톡톡
톡

돈가스
나왔습니다.

한쪽에 마카로니 콘샐러드와
양배추샐러드가 올라가 있고,

달콤한 소스 냄새가 풍겨오는
커다란 경양식 돈가스가 나온다.

그리고 접시 위로 넓게 펴주는 밥.

만족스러운 양이군요.

왜인지 나는 이렇게 밥 펴주는 게 좋더라.

서걱

가장자리부터 썰어 먹으면 처음에는 바삭하게 잘 튀겨진 돈가스의 맛이.

서걱

안쪽으로 갈수록 튀김옷이 소스에 녹진하게 젖어든 촉촉하고 달콤한 맛이 나는 거지.

접시를 싹 비워서 도저히 더 먹을 수 없다고 생각될 즈음

아, 이제 더 이상 못 먹겠다…

우산 장식이 달린 이쑤시개가 꽂힌 아이스크림이 나온다.

이거 진짜 좋다고!!!

더 이상 먹어!!

이 맛 덕분에 아픈 주사도, 치과 치료도 거뜬하게 참을 수 있었던 게 아닐까.

좋은 식사였다…

이번 화에는 나오지 않았지만 고구마무스와 치즈가 잔뜩 든 통통한 돈가스를 정말 좋아해요.
쭈우욱 늘어나는 치즈와 달콤한 고구마라니, 정말 최고!

카늘레

중용

나는 디저트를 좋아하는 주제에
너무 단건 또 싫어하는
번거로운 입맛을 가졌다.

이쯤이
좋은 듯.

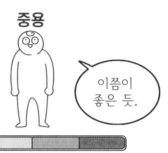

달지 않음   조금 달다   적당히   건강보험
                        달다   추가 필요

그래서 친구와 디저트를 고를 때도

우왓! 다 너무
달아 보이는데…

벌써
이빨 아픔.

너는 이빨이
눈에 달렸니?

달콤한 디저트이면서도
느끼하지 않고 적당히
담백하며 많이 달지 않은
그런 거 어디 없나?

단거 먹으러 와서
단게 싫으면 그냥
국밥을 먹자 ^^

내 혈관은
소중하다고…

* 사람의 이는 '치아'라고 부르는 것이 적절하다. 요즘 작가의 생활수준이 짐승과 다를 바
없으니 이번만 이빨이라고 하도록 하자.

그런데 달지 않아 보이는
디저트를 발견한 것이다.

<카늘레를 처음 봤을 때>
~도저히 맛이 유추되지 않는 비주얼~

뚝!

땍!

?????

디저트 주제에
나무토막처럼
딱딱하게도 생겼군…

저기… 카늘레는
어떤 맛인가요?

음… 겉은 바삭 딱딱하고
속은 푸딩과 비슷한 맛이라고
할 수 있을 것 같네요.

아~ 내가 또
푸딩 좋아하고!

그래서 샀다.

그렇게 처음 먹어보게 된
카늘레의 맛은

겉은 엄청
딱딱하게 부서지고
안은 쫀득하네.

푸딩 맛
이라는 게 뭔지
알 것 같아.

까드득

드득

잠깐, 턱
괜찮은 거냐고.

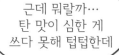 근데 뭐랄까…
탄 맛이 심한 게
쓰다 못해 텁텁한데

고구마
탄 냄새…?

너무 달지 않다는 점은
나쁘지 않지만
내 입맛에는 좀…

하지만 역시 잘하는 데서 먹어보니 달랐다.

맛없는 음식은
없습니다!

잘하는 집에서
먹으면?

다아~
맛있어.

여러분, 그거 아세요?
무조건 비가 내리는
기우제가 있습니다.

좌아아아

왜냐하면 비가 올 때까지
기우제를 지내거든요.

그러므로
맛없는 음식도
기우제처럼

맛있게
요리하는 곳이
나올 때까지
먹어보다 보면

아아…
이번이
103번째
집인가.

사실은 맛있는
음식이었다는 것을
언젠가는 깨달을
수 있습니다.

분명히 맛없게
느껴지던 음식인데
'아, 이거 맛있구나…!'
라고 깨닫게 되는
순간이 정말 좋다.

짜릿해.

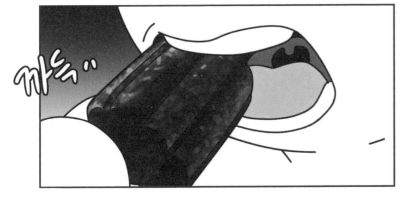

잘하는 집에서
다시금 느껴본
카늘레의 맛은

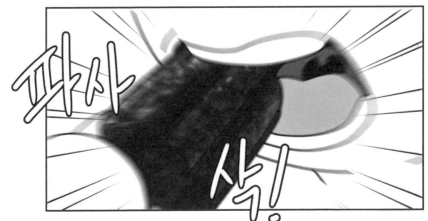

부드러운 바닐라와
어우러지는 럼 향…

허억…
너무 좋다…!

그리고 역시 디저트와 함께라면
뜨거운 아메리카노가 좋다.

따뜻한 커피와 함께
입안에서 녹아내리는
카늘레의 맛이 좋아.

히히

아… 이 맛
괜히 알아버렸다.

단점이 있다면
열 개씩
먹고 싶어진다는 것.

적당히 맛있게 달아서
물리지도 않네.

실제로는 설탕이 굉장히 많이 들어가는
디저트입니다.

…?

설탕을
으아아

카늘레 같이 만들어봐요 [카늘레 레시피]

알고 싶지
않았어요.

괜히 샐러드로
저녁을 대신하게 되는 것이다.

이미 늦었어 ^^…

아삭‥

아사삭…

여러 곳에서 카늘레를 먹어봤지만, 정말 만드는 곳마다 맛의 차이가 크더라고요.
여러분도 꼭 맛있는 카늘레 찾기를 성공하길 바라며…

샐러드

살면서 한번쯤은 하게 되는 다이어트.

현실
자각

대체로
아가리어트이긴
합니다만…

다이어트는 대체로
이런 형태로 이루어진다.

제발
그만해…

20년 후

10년 후

1년 후

내일의 나,
너만 믿을게.

응. 한 달 후의 나,
너만 믿을게.

노오력이 부족한 오늘의 음식 샐러드. 물론 샐러드가 맛이 없다는 건 아니다.

하지만 이렇게 된다는 게 문제다.

좋아하는 채소를
한입 크기로
잔뜩 썰어 넣고

삶은 메추리알과 함께
올리브오일에 볶은
통통한 새우까지 올려준
콥샐러드!

짭조름하고 후추 향이 감도는 새우와

아삭아삭거리는 채소들이 모두 잘 어울려.

잎채소 샐러드보다 보관이 오래 된다는 점도 좋다!

랜치 드레싱을 조금 곁들여 먹으면 확실히 든든하게 식사를 한 기분이란 말이지.

오! 이거 정말 맛있다!

그랬는데

이렇게 돼버렸다.

이상하다. 콥샐러드 분명히 맛있었는데

두 끼 연달아 먹을 생각하니까 되게 화딱지나네.

?????

그렇구나… 다이어트를 하기 전의 나는 내가 아니었어.

나의 자애로움은 포화지방에서,

행복함은 탄수화물에서 왔다.

그리고 다이어트할 때는 뭘 먹든 더 맛있다.

어우… 이게 이렇게 맛있었나?

무뎌졌던 미각이 생생하게 살아나는 느낌이야.

이것이…
다이어트의
순기능…?

**미각
강화**

(아님.)

다이어트의 목적은
건강이니까

코끼리도
풀만 먹는다

사실 그냥 채소만
더 많이 먹어도
건강에는 좋은 거 아닐까?

비빔면에 채소를
추가한 것만으로도
딱 눈에 띄게 떨어져…!

이게 된다고?
좋아! 이거다!!

채소를 많이 먹고 싶을 땐
역시 샐러드고

샐러드를 맛있게 먹는 방법은
역시 샐러드 파스타지.

파스타면을
평소 먹던 양의
절반 또는
3분의 1만 삶아주고

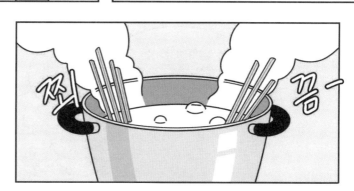

식힌 파스타면 위로
샐러드를 얹어준다.

채 썬 사과와 토마토 마리네이드를
올려준 뒤

오리엔탈 소스를 뿌려주면 끝!

쪼로록—

그대로 먹어도 맛있지만
불고기도 살짝 올려주면

육식파인 남편도
극호를 외치게 만드는 음식이 될 수 있다.

고소한 두부면으로
해 먹는 것도 좋아요.

 샐러드는 남이 해줄 때가 가장 맛있는 음식인 것 같아요.
사서 먹을 땐 맛있고 든든한데 왜 항상 집에서 먹을 땐 아쉬움 가득일까요?

유부초밥

초밥을 먹으러 가면

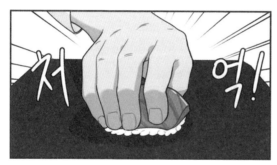

여러 비싼 초밥들 사이에서

이상하게 제일 당기는 것이 있다.

그건 바로 유부초밥!

야, 무슨 초밥집 와서
유부초밥 따위로
배를 채우려고??

그랬네...
그랬어...

아니, 근데 이게
너무 먹고 싶다고...

자매품
계란초밥

하지만 전문 가게에서 먹는 이런저런 토핑이 가득 들어간 유부초밥보다
집에서 해 먹는 게 제일 맛있는 오늘의 음식!

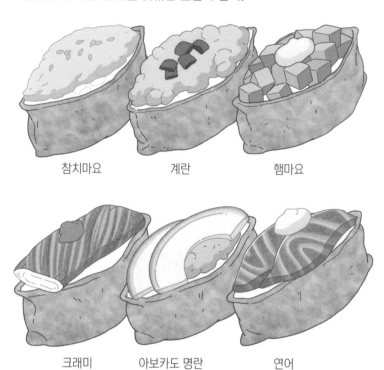

참치마요　　　　　계란　　　　　햄마요

크래미　　　아보카도 명란　　　연어

어렸을 때의 소풍날, 도시락 준비를 할 때면

〈소풍 도시락 삼대장〉

항상 김밥보다 유부초밥이 더 먹고 싶었다.

김밥 말고 유부초밥
싸 가고 싶은데…

유부초밥
먹으면 안 되나…

나이가 들어서
직접 유부초밥을
만들어보니

아니, 유부초밥이
김밥 싸는 것보다
열 배는 더 쉬운데

왜 엄마는 굳이
힘들고 번거로운
김밥만 싸줬던 걸까?

소풍 가는데
도시락은
든든~해야지.

이게 큰 이유였던 듯하다.

하지만 그 쉬운 유부초밥도
집에서 해 먹으려 하면 귀찮다.

1. 유부 짜기

너무 많이 짜면
맛없으니 조금만!

그리고 유부를 벌려 단촛물로 간이 된
밥을 일일이 채워 넣는 것이다.

2. 밥 식혀서 재료와 한데 섞기

......

번거로운데.

그래서 대충 섞어 먹게 되는 것이다.

입에 들어가면
다아~ 똑같다.

아아 아-

(그런데 그 맛이 안 남.)

아니네…
안 똑같네…!

충격!

이렇게 대충 섞여서
나는 맛이 아닌…

조금 달콤하고 부드러운
유부가 혀에 먼저 닿고

단촛물로 간이 된
상큼한 밥이 2차로
같이 어우러지는…

달콤 상큼한
유부초밥을
원한 거였다고…!!

나는 그런 유부초밥을
더 맛있게 먹기 위해
두부와 파프리카를 준비한다.

밥은 평소의 반만,
그리고 그만큼의 두부를

수분을 조금 짜내고
으깨어 넣어줍니다.

파프리카는 잘게 다져서
간을 한 밥과 함께
섞어주고

예쁘게 모양을 잡아
하나씩 만들어내면…!

두부 파프리카 유부초밥 완성!

추가된 두부의 고소함과
파프리카의 아삭한 맛이

유부초밥의 맛과 식감을
한 단계 더 올려주네.

건강한 건 둘째치고
훨씬 맛있어요.

물론 유부초밥은 더 다양한 조합도
가능한 음식이다.

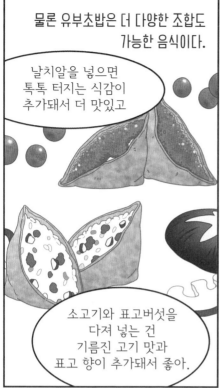

날치알을 넣으면
톡톡 터지는 식감이
추가돼서 더 맛있고

소고기와 표고버섯을
다져 넣는 건
기름진 고기 맛과
표고 향이 추가돼서 좋아.

남는 집 반찬으로
만드는

잔멸치, 건새우볶음
유부초밥도 좋지.

나물무침을 넣은
유부초밥도 맛있다!

하지만 제일 좋은 건
역시 나가서 먹는
유부초밥이다!

산책 나와서
돗자리 깔고 먹으면
얼마나 맛있게요?

소풍
나온 기분
ㅎㅎ

빨리 벚꽃놀이
가고 싶다.

겨울 싫어.

유부를 짜낸 국물도 같이 밥에 섞으면 유부양념 맛이 진하게 느껴져서 더 맛있어요. ✂

와플

맛있는 잼은 많다.

딸기잼

땅콩잼

초콜릿잼

블루베리잼

라즈베리잼

카야잼

얼그레이밀크잼

무화과잼

벌집 모양을 닮은
맛있는 생김새를 가진 와플.

밋밋한 모양이었으면
이렇게 맛있어 보이지
않았을 것 같아.

어떤 잼을 곁들이든
격자무늬 굴곡 사이로

맛있게 스며들 것
같은 느낌이 들잖아.

보기만 해도 맛있는
모양 때문인지
와플은 다양한 종류가
생겨났다.

과일, 생크림과 함께
아이스크림이 올라가 있는
부드러운 카페 와플

요즘 많이 보이는
바삭한 씬 와플

펄슈가가 녹아 나와
달콤한 캐러멜 향이 나는
겉은 바삭하고
속은 쫄깃한 리에주 와플

와작

뜨거운 커피 위에 올려
살짝 녹여 먹는
스트룹 와플 등

정말 다양한 맛들이 있지만

나는 길거리 사과잼
와플이 제일 좋다!

이게 맛있게 하기
은근 어렵거든요.

짜

안

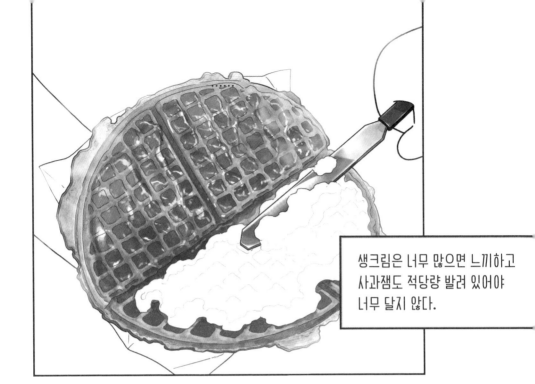

생크림은 너무 많으면 느끼하고
사과잼도 적당량 발려 있어야
너무 달지 않다.

카페에서 파는
부드러운 와플들과는 다르게
겉이 바삭하게 구워졌지만
너무 딱딱하지는 않은…

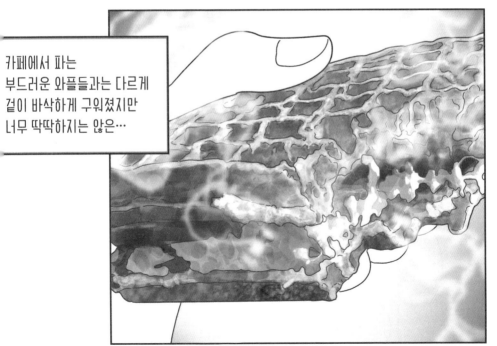

갓 구워 따끈한 와플을 베어 물면

으음-

시원한 사과잼과
크림이 흘러나와
입안을 식혀주는 게 좋다.

바삭바삭바삭
바삭바삭

이렇게 별거 아니지만
까다로운 조건을 만족해야

ㅇㅇㅇㅇㅇㅇ

★★★★★
바삭함

★★★★
적당한 달기

따끈하고
시원함

정말 맛있는
길거리 와플이
완성되는 거지!

남의 차에서는
먹지 말아야겠군.

끄덕...

★★★★

그리고 와플을 먹어봤다면
역시 와플 기계를 안 사볼 수가 없지.

한국인은 어느 순간부터 모든 것들을
와플팬으로 눌러보기 시작한 것 같다.

저걸
누른다고?

왜 갑자기
샀냐고 하신다면

왠지 나 빼고
다 있는 것
같아서.

저게
되네.

크루아상 생지를 와플팬에 구워내는 크로플과

설탕을 뿌려 같이 구우면
바자작한 설탕 코팅이
덧입혀져서 더 맛있다.

여러 가지 빵 눌러 먹기.

빵 사이에 치즈를 넣어 구우면 더 맛있죠.

파전과 김치전도 와플팬으로 눌러서 굽고

오… 편한데…

오… 바삭한데…!

인절미도 눌러서 먹는다.

송편도 눌러 먹으니까 더 맛있어…!

아이스크림도 올려 먹어야지.

1절, 2절, 3절을 넘어 뇌절로 향해가는 우리 집 와플팬이었다.

삼각김밥도 눌러!

떡꼬치도 눌러봐.

볶음밥도 누르자.

아니, 잠깐! 와플도 해 먹어야지. 이번에는 바나나 와플!

와플팬을 좋은 뇌절로 임명합니다.

 저번에는 남편이 와플 반죽에 꿀과 바나나, 계피가루를 넣어서 바나나 와플을 만들어줬어요. 모양은 이상했지만 맛은 최고!

찐빵 만두

친한 친구처럼 지내는 나와 남편이지만

가끔씩 찐한 사랑이 느껴질 때가 있다.

이거 봐요.
둥이 성대모사.

사랑해요~

엌ㅋㅋㅋㅋㅋ
똑같넼ㅋㅋㅋㅋ

어! 표정 뭐야.
뭐 사 왔지 ㅋㅋ

내가 좋아하는 음식 몰래 사 오면
얼굴 표정에서부터 티가 날 때

한입만 먹어봐요.
진짜 맛있음.

아~ 진짜 진짜
한입만.

새벽에 라면 맛있게 끓이면
자는 거 깨워서라도
한입 먹이려고 할 때

이렇게까지 해서
먹고 싶지 않았어요.

그리고 찐빵 만두를 먹고 있는 남편에게
한입만 달라고 하면

히히

오, 여보.
나 한입만.

그래요.

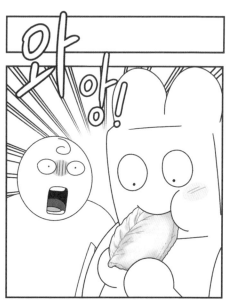

와앙!

먼저 한입 베어 먹고 줄 때!

이제
먹어요.

?

만두를 굳이
한입 베어 물고
나서 주다니…

!!

혹시 그냥 주면
빵 부분밖에 못 먹을까 봐
그렇게 해주는 거야?

여보는 입이 작아서
한 번에 크게
못 베어 무니까…

만두소 부분이랑
같이 먹어야
맛있잖아요.

감동적…!

그렇게 한입 크게 베어 문 찐빵 만두는

남편의 사랑만큼 따끈따끈한 맛이었다.

빵은 폭신하면서
부드럽고

육즙이 흘러나오는
만두소에서는
향긋한 파 향이 맴돌아.

김치 맛도 먹어봐요.

ㅋㅋ 냠

와앙

고기 맛은 담백하고 묵직한 감칠맛이 좋았다면

김치 맛은 새콤하고 맵싸해서 입맛을 더 돋우네.

나는 이렇게 한 손에 하나씩 들고

한입씩 번갈아 먹는 게 좋더라.

합!

합!

?????

한입만 특 =한입만 먹지 않음.

만두는 종류도 모양도 맛도 정말 제각각이지만

물만두

군만두

찐만두

납작만두

갈비만두

고기만두

새우만두

김치만두

감자만두

메밀만두

완전한 식사로 먹게 되는
얇은 피 만두들 사이에

나는 그중 찐빵 만두가 제일 좋다.

푸둥 -

푸둥 -

이 특유의 푸근함이
정말 좋다니까.

식사도 간식도 되는
중간적인 매력의 찐빵 만두.

모락모락 수증기가 가득한
만둣집 앞에 서서 기다리면

사장님이 찐빵 만두를 조그마한
종이에 싸서 손에 척 들려줄 때의
그 기분이 좋다.

앗, 뜨거!

나는 이렇게 정갈한 모양보다는

음"

막 뭉쳐진 이런 모양의 찐빵 만두가 좋더라.

빵이 두툼하게 씹히면서 만두소랑 함께 단맛이 은은하게 나는 게 좋아.

그렇게 하나둘 먹다 보니 생긴 의문점.

그런데 있잖아.

찐빵 만두는 여러 가지 맛이 있을 법도 한데

왜 보통 고기만두 맛이랑 김치만두 맛밖에 없을까?

이런 거라든지

옥수수 찐빵

옥수수 알갱이

미트 소스

채소

모차렐라치즈

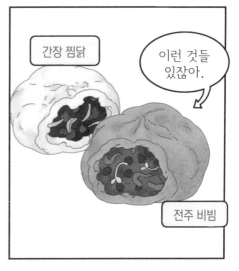

간장 찜닭

이런 것들 있잖아.

전주 비빔

삼각김밥처럼 이런저런 소를 넣어서 만들면 더 좋을 것 같은데 말이야.

음… 그건 아마

그렇게 되면 찐빵 만두가 아니고 그냥 찐빵이라서 그런 게 아닐까요?

피자 맛 찐빵

찜닭 맛 찐빵

헉, 그렇네! 만둣집에서 팔긴 좀 그렇겠다.

그러면 갈비만두 맛이랑 부추계란만두 맛은 어때?

오… 좋은데?

누가 우리 집 옆에서 팔아줬으면 좋겠다~

끄으윽

찐빵 만두로 인해 더 가까워졌던 부부의 거리는 그렇게 만두 트림으로 다시 멀어지고 말았다.

저쪽으로 가주라.

푸둥푸둥한 만두 위로 희뿌연 김이 모락모락 피어나는 만둣집… 그 앞에 서 있기만 해도 기분이 좋아져요.

햄버거

달리려 해도 달려지지 않고 버둥거리려 해도 몸이 마음대로 움직이지 않는⋯
그런 꿈을 꾸고 눈을 떠보면

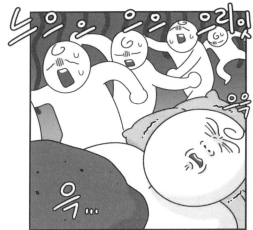

꼭 이런 상황이 펼쳐져 있다.

또냐⋯

그냥 안기는 거 좋아하는 애
말랑구

무서워서 안기려고 온 애
홍구

따뜻해 보여서 온 애
줍줍이

원래 자기 자리라고 생각하는 애
매미

욘욘

아니, 왜 다 나만 깔고 자냐고~!!

불편   편안

여긴 너무 높아서 불편하개.

이럴 때 생각나는 오늘의 음식.

무너진 햄버거가 된 것 같네….

이동 중 간단하게 먹고 싶을 때 특히 많이 찾게 되는 햄버거.

귀찮은데 햄버거나 먹을까?

귀찮은데라뇨. 맛있어서 먹는 거면서.

패스트푸드의 대명사와도 같은
햄버거는 의외로 탄단지 완전식품처럼
보이게 할 수 있다.

(펼쳐서 보면 건강해 보이는 편)

빈약…

물론 채소가 많으면
더 좋았겠지만.

햄버거가 아무리
몸에 안 좋다고 해도

감자튀김이랑 콜라만
안 먹는다고 하면

감자튀김
=트랜스지방

콜라
=고당

꽤 괜찮고
편리한 식사
아닌가?

하지만 감자튀김을 소프트콘에
찍어 먹으면 정말 맛있다.

이상해 보이지만
막상 먹어보면
사워크림 감자 같은
맛이 납니다.

원조는
밀크셰이크에
찍어 먹기!

그리고 콜라는
당연히 제로콜라로
먹으면 됩니다.

어느 것
하나도 포기하지
않았군요.

크아!

평소에는 무난하고 달콤한 불고기버거
+계란프라이

매콤한 게 당길 땐
스파이시 치킨버거

치즈가 주르륵 녹아내리는
더블치즈버거도 좋다.

보기만 해도
느끼하고 배불러…

그리고 가끔씩
더 맛있는 버거가
먹고 싶을 때는
수제버거집으로!

~어떻게든 깔끔하게 먹어보기 시뮬레이션~

어… 어어, 그 이렇게 먹으면 되나?

이럼

와ㅏㅏㅏㅏ

그냥 일단 입에 넣어봐요.

어유 더러워.

와압

솔직히 이 정도 높이는 버거가 아니고

버거 플레이트라고 불러야 한다고 생각합니다.

맛있긴 한데 결국 다 펼쳐놓고 썰어 먹어야 하니까

버거가 아니게 되어버렸달까요.

내가 좋아하는 수제버거는

든든하지만
한 손에 잡을 수 있는
정도의 크기에

피클 대신 통조림
파인애플이 든,

양상추는 많고
달콤한 소스가
발린 버거!

하와이안피자
좋아하냐고요?

……

당연히
좋아함.

다음에
풀어보도록
합시다.

많은 논쟁이
예상되므로

우우~

워~

그나저나 예전에는 별로 좋아하지 않았던
햄버거는 결혼 후 정말 좋아하는
음식이 되고 말았다.

이렇게 많은 걸
다 펼쳐놓고
먹을 수 있다니!

예전에는
햄버거를 먹을 때
세트는 양이 많아서
다 못 먹고
단품 하나만 먹을까
사이드 두 개를 먹을까…
이런 고민을 했었는데

1햄버거
=3입

지금은 그냥 다 시키고
잘 먹는 여보를 주면 조금씩
이것저것 다 먹을 수 있음.

몸에 좋지 않은 것을
먹고 있지만

결과적으로
소식하고 있으니
괜찮은 게 아닐까.

냠

냠

냠

냠

냠

ㅎㅎ 개꿀.

나도
개꿀.

햄버거를 거꾸로
들고 먹으면

흘리지 않고
더 깨끗하게 먹을 수
있다고 하네요.

와

앙!

저 같은
칠칠이들에게
꿀팁!

웬만한 음식은 먹고 아이스 아메리카노가 당기지만 햄버거는 이상하게 콜라 말고
다른 음료가 생각나지 않아요. 역시 햄버거와 콜라는 최고의 조합인 걸까…

밤식빵

밥 먹을 때 하면
등짝 스매싱 맞기 딱 좋은
행동들이 있다.

하나씩 깨끗하게
다 먹고 나서
또 먹어야지!

수박 양손으로
들고 한입씩 먹기

카레에서
당근만 남기고 먹기

콩밥에서
콩 빼기

사실 둘 다 좋아해서
해본 적 없음.

밤식빵의 겉 부분이 맛이 없는 건 아니다.

심지어 요즘은
크럼블도 꼭
위에 가득 얹어서

겉 부분을 훨씬 더
맛있게 만들어주죠.

그리고 밤식빵 안쪽
부드러운 부분만 파먹기.

포클레인
먹기-!

와 앙!

크크크크…

이걸 어떻게
안 해보냐!!!

하지만 질긴 겉 부분과 대비되어
더 맛있게 느껴지는 보드라운 하얀 속 부분,
그리고 달콤한 밤 조림.

갓 나온 밤식빵을
주우욱 찢으면

따끈하고 고소한
빵 냄새가 올라오는 게
정말 좋아…

나는 밤을 정말 좋아하지만
먹기 불편해서 자주 먹지 못하는데

내가 직접 구워 먹기는
좀 귀찮지…

칼집 내는 것도 그렇고
일일이 티스푼으로
파서 먹는 것도 귀찮고.

그래서 가끔 군밤 아저씨를 만났을 때
사서 먹거나

으악, 너무
달달 고소하고
맛있다…!

마트에서 살 수 있는
가공식품으로 나온 밤을 먹는다.

이 맛이
아닌데…

그런데 누군가
그 귀찮은 밤을 까서

달콤하게
졸여서

그냥 먹어도 맛있는
부드러운 빵 안에
넣어줬다니!

좋아하지 않을 수 없다.

어릴 때도 좋아했지만

어른이 되니까 더 좋아!

밤식빵은 프렌치토스트로도

그냥 구워서도

생크림을 발라서 달콤하게 먹어도 좋지만

자르지 않는 채로, 그냥 통식빵으로 사서 손으로 툭툭

뜨거운 커피와 함께, 또는 데운 우유와 함께 먹으면 그걸로 충분한 음식.

호록-

따끈한 우유에 살짝 적셔 먹는 것도 좋다.

입에 들어온 줄도 모르게 녹아버리는 맛이네…

그렇게 한입 두입 먹다 보면 속은 비고 껍데기만 남는다.

이렇게 먹어도 된다는 것은

스스로 밤식빵을 사 먹을 수 있는 어른이 되었다는 것!

어른이 된다는 건 별거 없습니다.

밤식빵을 속부터 파먹을 수 있고

박○스를 하루에 한 병 이상 마실 수 있고

약국에서 파는 츄잉 캔디를 사놓고 먹고 싶을 때 먹을 수 있는 정도인 거죠.

하지만 어른이 된 내가 직접 산 밤식빵도 엄마 앞에서 그렇게 먹으면 등짝 맞는다.

내가 산 건데 왜…!

포클레인 먹기는 혼자 먹을 때만 하도록 합시다.

속 부분을 다 파먹고 겉 부분만 따로 오븐에 돌려 바삭하게 토스트하면 훨씬 맛있어요.

남편은 밤식빵 겉 부분을, 저는 속 부분을 좋아해서 같이 먹으면 완벽하고 깔끔하게 밤식빵을 먹을 수 있어요. 이런 게 부부라는 걸까!

늙은 호박 된장국

집 냄새라고 하면
한국인은 된장찌개 냄새를
떠올리곤 한다.

자취하다가 오랜만에 본가에 갔을 때

부엌에서부터 퍼져 오는 구수한 된장찌개 향.

킁 킁 킁°°

아무래도
집밥 하면
된장찌개니까…!

김치찌개
아닌가요?

김치찌개는
이제 배달 메뉴임.

조개와 꽃게,
새우가 들어간
해물 된장찌개도

돼지고기나 소고기
된장찌개도 좋아.

조개와 돼지고기를 한데 넣고 끓이는
돼지고기 조개 된장찌개도
내가 정말 좋아하는 음식이다.

잘 끓인 된장찌개에
밥, 김치, 김만 있으면

매일매일 먹어도
질리지가 않아.

감자와 두부를
꼭 넣어야
더 맛있다.

이거 정말
맛있지.

음~

그렇지만 내 추억의 냄새는 조금 다르다.

할머니,
나 왔어요!

된장찌개보다는 조금 가볍고 달콤한
냄새가 솔솔 나는 늙은 호박 된장국.

구수하고
단 냄새…

초등학교 저학년 때부터
같이 살게 된 할머니.

나는 그전까지
가끔씩 가던 할머니 집 냄새를
늙은 호박 된장국 냄새와
자리 간장조림 냄새로 기억했다.

마른 멸치를 우려낸 물에
마늘 한 숟갈,

늙은 호박을 썰어서
된장과 함께 끓여준다.

늙은 호박이 뭉근하게 끓여지면
된장국에 늙은 호박의
달콤함이 같이 감돈다.

숟가락으로 부들부들해진 호박을 으깨서
밥과 함께 말아 먹는 것도 좋다.

이렇게 먹으면 구수한
호박죽을 먹는 느낌이라
더 든든하고 좋아.

달콤한 된장국이라니
이상해 보일 수도 있지만

막상 먹어보면 이렇게
잘 어울릴 수가 없지.

그렇네요.
정말 맛있다!

고소한 차조밥에 자리 조림 한 젓가락

한입 크게 먹고 나서

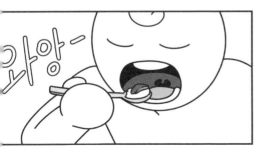

와앙-

다시 구수하고 달콤한
된장국 한 모금.

꿀꺽

꿀꺽

이게 어릴 적의 내가 기억하던 할머니의 냄새인 거지.

사실은 손녀를 위해
만들어놓은
한 끼의 냄새였지만.

내가 할머니 냄새를
이렇게 기억했듯이

우리 집 강아지들은
할머니 냄새를 고기를
넣어 끓인 호박국 냄새로
기억하지 않을까.

추억이 담겨서
더 맛있는 음식도
있는 법이죠.

할머니표
강아지용 호박국

물+멸치+고기
+늙은 호박

가끔씩 육지 친구들이 오면 호박 된장국을 해주기도 해요. 다들 생소하다면서 맛있다고 좋아해주는데
종구 님은 처음 먹었을 때 된장국이 달다는 게 굉장히 이상했다고 하네요:D

나가사키 카스텔라

요즘 자꾸 돌아서면 까먹는다.

뭐지…
뭐 하려고
했는데.

나 늙었나…?

. . . .

어?

분명 뭔가 검색하려고 했는데
갑자기 기억이 삭제되는 것이다.

그… 그 그 그…
그… 그 뭐더라. 그…

그 좀
그만 말해.

그래도 다행이다.
나만 그런 게 아닌 것 같다.

나 같은 놈들
많구나…

그

그 뭐냐
그 뭐 치려고 했더라
그 뭐 검색하려고 했더라

(안심)

사라져가는 기억력…

가지 마.

그리고 분명히 입에 넣었는데
입에 넣은 걸 잊어버릴 만큼

냠

건강검진 날짜를 잡고 처음으로
대장 내시경을 받기로 했다.

검사 하루 전날
건더기가 없는
부드러운 음식만 먹고

오후 2시 이후는
금식이구나.

사르르 녹아 사라지는 음식도 있다.

아~ 뭐야.
어디 갔어.

여보 위장으로
갔겠죵.

맛있어서
화남!

그렇게 먹어도 되는 음식을 확인하는데

카스텔라…!!

먹어도 되는 음식

흰쌀밥　　흰죽　　계란

카스텔라　　감자

바나나

피해야 하는 음식

평소에는 단거
줄이느라
참는 음식인데

이번만큼은
양심의 가책 없이
먹어도 되는 건가!

줄였었어…?

입에 들어가면 찐득함이 느껴지며
부드럽게 샤르르 녹는
나가사키 카스텔라!

포장을 뜯으면 카스텔라 특유의 달콤한 벌꿀 향이

은은하게 올라오는 게 좋아.

한 조각을 집어서

지익

밑부분에 붙어 있는 종이를 떼어낸다.

종이를 떼어내면 보이는 알알이 붙은 자라메당.

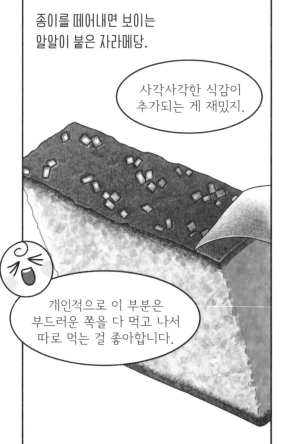

사각사각한 식감이 추가되는 게 재밌지.

개인적으로 이 부분은 부드러운 쪽을 다 먹고 나서 따로 먹는 걸 좋아합니다.

카스텔라를 한입 먹어보면

어떻게 이렇게 진득하고 부드러울까.

잘 만든 카스텔라의 안쪽 부분은

보송

촉촉하면서도 보송보송한 식감이 느껴져.

한입 다시 베어 문 채로
우유를 머금으면
입안에서 사르르
사라져버린다.

사

르

르

르

나가사키 카스텔라는
우유와 함께 먹는 게 좋지만

카스텔라를 한입 크기로 잘라

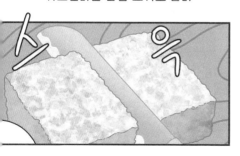

스

윽

노른자 물을
묻힌 후

설탕시럽에
튀겨주고,

다시 설탕옷을
입혀주는 카스도스는

펑!

당 수치

쌉싸름한 차와 함께
작게 한 조각, 조금씩 즐겨보는 것도 좋지.

계란 향이 더
진하고 고소하게
느껴지고

사각사각하게 씹히는
설탕이 느껴지는
카스도스의 맛!

대장 내시경
별거 아니네.

흰죽을
왜 먹냐.

카스텔라
먹으면 되는데.

지옥은
이쪽이었구나.

장 세척제

우욱···

여보, 그 만화 못 봤어요? 10 하고 억 하면 바로 잠드는 그거.

보통은 그냥 깨보면 다 끝나 있대요.

보통 그렇다는 건 꼭 나는 비껴가더라.

진짜로 깼다.

그렇게 병원에 도착했는데 슬슬 공포가 몰려오기 시작했다.

막상 대장 내시경 하려니까 되게 무섭네…

나 수면마취하면 중간에 깨는 거 아니야?

막 10, 9, 8 이랬는데 숫자 다 셀 때까지 잠 안 들면 어떡해.

역시나 깼군.

저… 깼는데요…

아파요…

수치…

그래도 카스텔라 덕분에 장세척 완벽했다고 칭찬받았던 이야기.

너무 단 빵은 많이 먹지 못하는 편이지만 카스텔라는 설탕이 잔뜩 들어가서 찐득한 질감이 나오는 게 좋아요. 우유와 함께 먹으면 거기가 바로 천국!

체리

인공 향에 무척 취약한 나는 조금 진한 향수 냄새만 맡아도 굉장히 괴로워진다.

머리가 어지럽고 속이 울렁거려…

어질…

딸기 향, 바나나 향, 꽃 향 등 실제를 따라 해 만들어낸 향들은 정말 많은데

딸기향

도무지 뭘 따라 했다는 건지 모르겠군…

그냥 이걸 딸기 향이라고 학습했기 때문에

딸기 향이라고 느끼는 게 아닐까요.

아무리 맡아봐도 실제의 딸기와는 향이 너무 다른걸.

윽…

멜론 소다는 멜론 안 먹어본 사람이 만든 게 분명합니다.

그냥 멜론색 달달한 소다로 이름을 바꾸자.

딸기우유도 딸기우유와

딸기 맛 우유는 하늘과 땅 차이지.

딸기 과즙 1% 함유? 이 정도면 내가 씻은 물 농축해서

내 맛 우유 만들기 가능.

더러운 상상력.

여하튼 내가 그중 정말 힘들어했던 인공 향은 바로 체리 향이다.

뭐라고 해야 할까요
달달한 향인데…
그 미묘한 지독함…

음…

케이크 위에 있던 절인 체리도
별로 좋아하지 않았지.

체리는 그냥
꽃이 좋은 것 같아.

먹지 마세요
눈에 양보하서

어느 날 곤히 자고 있었는데
갑자기 체리가 입에 들어왔다.

어어… 어
이게 뭐야.

자는데
살찐다…!

맨정신 아닌 상태에서 먹으니
더 꿈같고 맛있었다.

어…
맛있네…

이게 뭐지?
신품종 포도인가?

집에 오는 길에
체리 트럭 지나가길래
한번 사봤어요.

맛있지?

체리… 맛있는 과일이었구나…!

상큼하고 달콤하고 식감도 탱글하고 부드러운…

너무 맛있다…!!!!

그나저나 여보 때문에 결혼하고 10kg 찜.

응. 나는 20kg 쪘음.

억울…!

미안…

그 후로는 종종 체리를 잔뜩 사다가 먹었다.

이렇게 맛있는 걸 그렇게 만들다니.

체리 향을 만든 사람은 체리를 정말 싫어했던 게 아닐까.

친구들이 좋아하는 체리콕도
이제까지는 별로 맛있게
느껴지지 않았었는데

좋아하는 사람은
정말 좋아하는 음료

진짜 체리로
만든다면

훨씬
맛있을지도!

생체리를 잘 씻어서 꼭지와 씨앗을 빼고

레몬즙과 설탕을 넣어
청을 만들어준다.

잘 숙성된 청을
제로콜라와 함께 섞어 먹는 거지!

꿀꺽

꿀꺽

크으으…!!

시원하고
맛있다…!

달콤한 생체리
향도 감돌고

보글

보글..

콜라와 함께
과육이 씹히는
것도 좋아.

요거트나 아이스크림과 함께,
크림치즈를 바른 빵에
살짝 얹어 먹는 것도 좋다.

맛있는 건 정말
끝이 없구나.

지금은 인공 체리 향도
꽤 좋아졌어요.

체리처럼 블루베리도 생과와 음료나 껌에 들어가는 블루베리 향의 느낌이 완전히 달라요.
익숙한 향을 생각하고 생과를 먹으면 완전히 다른 맛에 깜짝 놀랄지도!

카이막

요즘 '뭐 보지' 지옥에 빠졌다.

볼 거 정말 많은데…

정말 볼 게 없군.

마치 게임은 하고 싶은데

할 겜 없네.

할 게임이 없는 것과 같은 상황!

분명히 밥 먹는 동안 뭔가 보려고 했는데 고르다가 밥을 다 먹게 된다.

왜 이렇게 볼 게 없고 할 게 없는가 했더니…

후루룩

삑삑

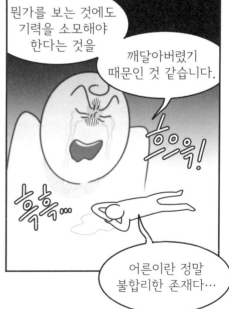

뭔가를 보는 것에도 기력을 소모해야 한다는 것을

깨달아버렸기 때문인 것 같습니다.

흑흑…

흐으윽!

어른이란 정말 불합리한 존재다…

그래도 작업하면서 생각 없이 보기 좋은 건 있다. 그건 바로 음식 다큐!

맛있겠네… 오… 맛있나 봐.

이런 음식도 있네… 오…

츄릅

맞아. 이거 맛있지…

(무한 반복)

그러다 '그' 영상을 보고 말았다.

이거 진짜 요물입니다. 천상의 맛!

정말 맛있는 버터와

어마어마하게 고소한 생크림을 섞은 듯한 맛이라니…

카이막… 나도 먹어보고 싶다…!!!

물소젖을 저온에서 장시간 가열하여 만들어내는 카이막! 당연히 국내에서는 찾아보기 쉽지 않았다.

현지에 가서 먹을 수밖에 없는 건가.

팡!

팡!

죽어라 코로롱!

카이막과 비슷하다는 클로티드 크림을 사서 먹어보았다.

클로티드 크림은 우유 향이 가득한

크림치즈와 비슷한 느낌이네.

잼이랑 같이 스콘에 발라 먹으면 너무 맛있다!!

그래서 농후한 우유 향이 나는 버터와 고소한 생크림을 합친 것 같다는 카이막이 더 궁금해져버리는 것이다.

크으윽… 도대체 무슨 맛이길래…!!!

찌억!

궁금한 건 참아도 궁금한 맛은 못 참아!

카이막… 먹어보고 싶다…

카이막…

카이막…

카이막…

전국의 카이막 염원들이 모였는지 카이막을 파는 곳들이 한두 군데씩 생겨나기 시작했다.

그렇게 먹게 된 카이막의 맛은

드디어 먹어보는구나…!

물소가 아닌 젖소 카이막

꿀과 함께
빵에 발라서…

스윽

스

바삭…

처음 느껴지는 맛은
무척 신선하고 진한
우유버터

그다음으로 느껴지는
느끼하지 않고
굉장히 고소한
생크림…

엄청나게
잘 어울리는
향긋한 꿀.

버터나 생크림은 느끼해서 많이 먹을 수 없는 반면에

카이막은 끝도 없이 들어갈 수 있을 것 같아.

유지방인데도 어떻게 느끼하지 않고 이렇게나 신선한 맛이 날 수 있을까?

집에 돌아와서 카이막을 직접 만들어보기로 했다.

물소젖은 당연히 없으니까

산양유랑 생크림으로 만들어봐야지.

생크림이 너무 많으면 느끼하다는 평이 있으니까

생크림 500ml와 산양유 750ml를 전기밥솥에 부어주고

삐

익 보온

보온 버튼을 눌러줍니다.

취사

그리고 12시간 후에 꺼내서 식혀준 후

냉장고에서 다시 8시간 정도 굳혀주면 끝!

딱히 한 게 없는데 카이막이 된다고???

이게 되네…!!!

그리고 생각보다 카이막이 많이 나왔다!

굳은 윗부분을 조심히 돌돌 말아서

그릇에 올려놓은 뒤 꿀을 뿌려주면 된다!

직접 만든 카이막의 맛은 놀랍게도 사 먹은 것보다 훨씬 훌륭했다.

좋은 꿀과 함께 먹으니까 정말로 천상의 맛이야…!

바삭…

생크림 같은 거 별로 안 좋아하는데 이건 너무 맛있어요.

엄청난 칼로리를 순식간에 섭취하게 됐지만
전혀 신경 쓰이지 않을 정도로
신선하고 고소하고 진한, 즐거운 맛이었다!

카이막을 만들고
남은 버터밀크는
카레를 만들 때
쓰면 좋아요.

부드러운 크림 카레라서
담백하고 고소한 맛!

아~ 또 든든하게
먹어버린 하루였다.

 산양유가 아니라 그냥 우유로도 집에서 카이막을 간단하게 만들어볼 수 있어요.
튀르키예에서 먹는 맛과는 완전히 다르겠지만 집에서 먹는 맛도 훌륭한걸!

메이플시럽 팬케이크

벚꽃의 계절이 돌아왔다.

와아앙

맛도 없고 예쁘기만 한 벚꽃으로
이런저런 디저트를 내놓는 시기.

맛이 없다는 게
맛이 없다는 게 아니고…

뭔 소리야.

진짜로 맛이
무(無)맛이라는 소리!

결국 이름만
○○ 블로섬이고

벚꽃을 빙자한
딸기 맛이라든지
복숭아, 장미 향…

벚꽃에서
태어나긴 한 체리 맛을
첨가한 음식이란 거지.

벚꽃 드링크, 벚꽃 케이크,
벚꽃 과자.

blooming

POP

이러면서
잘만 먹는 편

여름 되면
바닷물 맛도
만들지 왜.

가을 되면
단풍나무 맛도
만들고.

????

생각해보니 단풍나무는 맛있었다.

단풍...?
어, 단풍은 맛있지.

설탕단풍나무
수액이
메이플시럽이니까.

여보 MBTI
N이지?

어케 알음?

나는 사실
프랜차이즈 버거집에서
버거보다는 아침 메뉴로 파는
팬케이크를 더 많이 먹는다.

아침도 점심도 아닌 애매할 때
밥도 디저트도 아닌 애매한 브런치,
달콤한 늦잠 같은
조금 늦은 달콤한 식사가 좋다.

식사의 든든함과 디저트의 달콤함이 공존하는,
따끈한 온기가 올라오는
팬케이크 위에 버터 한 조각

그리고 소로록 뿌려지는
메이플시럽!

팬케이크만 따로 먹어보자면

조금 밋밋하고 어딘가 부족한
느낌이지만

으음...
별맛이
안 나네.

메이플시럽이 촉촉하게 젖어들었을 때
팬케이크의 맛은 빛을 발한다.

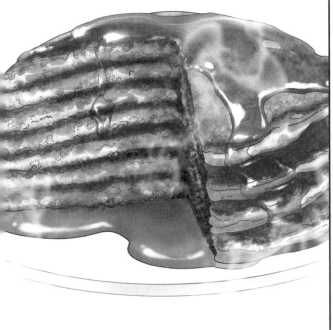

특유의 기분 좋은 달콤한 향기와

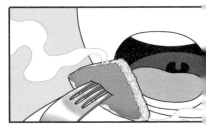

아주 약하게 느껴지는
스모키하고 쓸쓸한 맛.

꿀이나 다른 시럽처럼 끈적거리지 않고
촉촉하며 가볍다.

끈적거리는 시럽은
팬케이크 위에 얹어질 뿐

촉촉하게
젖어들진
않잖아.

끈적~

메이플시럽이야말로
팬케이크 안으로 촉촉하게
스며들어줘서

완벽한 궁합이
탄생할 수 있는 거지.

마냥 달콤하게 먹는 팬케이크도 좋지만

팬케이크 위에 짭짤한 베이컨을 올린 뒤
메이플시럽을 듬뿍 부어주면

달콤함과 짭짤함이
오묘한 조화를 이루는
맛있는 브런치가 완성된다.

어우…

맛있어.

그냥 베이컨을 구워 먹을 때도
메이플시럽을 발라 구워주면
단짠 베이컨 완성!

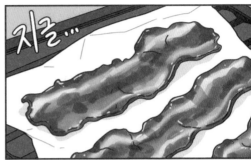

지글…

칼로리가
높아졌다고요?

그게
맛있는 거임.

일본에서는
단풍잎을 튀겨 먹는
'모미지 덴푸라'도
있다고 하는데

이쯤 되면
단풍 에디션…

바삭…

해봐도 되는 거
아닐까.

요즘 메이플시럽 바게트에 푹 빠져 있어요. 시럽을 뿌려서 구워낸 바게트가 이렇게 맛있다니!
혹시 근처에 판다면 여러분도 꼭 먹어보세요.

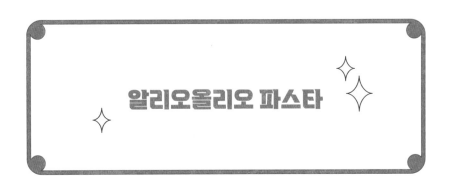

알리오올리오 파스타

(한국인의 마늘 조금)

한국 음식에는 대체로 마늘이 많이 쓰인다.

찌개 맛이 뭔가 부족한데…?

다진 마늘 넣었어?

아, 맞다!

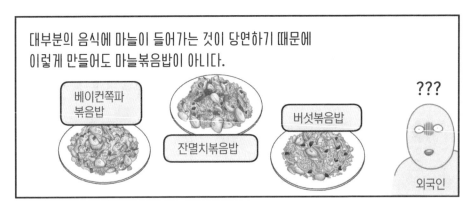

대부분의 음식에 마늘이 들어가는 것이 당연하기 때문에
이렇게 만들어도 마늘볶음밥이 아니다.

베이컨쪽파 볶음밥

잔멸치볶음밥

버섯볶음밥

???

외국인

음식 이름에 마늘이 붙으려면 이 정도는 되어야 한다.

마늘치킨

마늘보쌈

편-안

알리오올리오 파스타도
당연히 이렇게 만든다.

한국인이 좋아하는
마늘 적당량

그런데 원래의 알리오올리오 파스타는

쩌끔…

- 마늘을 조금 올리브유에 볶다가
나중에 뺍니다.

이렇게 만드는 것이라고 한다.

?????

- 그냥 마늘 향만 주는 거니까요.

저렇게 만들면서
알리오라는 이름을 붙였다고 한다.

(알리오=마늘)

알리오… 마늘…
파스타…?????

저렇게 넣고 마늘이라는
이름을 붙였다면

한국의 모든
음식 이름은 마늘이 되어
괜찮은 게 아닐까…!

마늘김치

마늘찌개

마늘나물무침

마늘불고기

짭조름하고 향긋하니
입맛도 적당히
당기고

느끼하지도 않아서
깔끔한 맛!

요즘 가장 좋아하는 파스타를 꼽자면
단연코 알리오올리오 파스타!

응음~

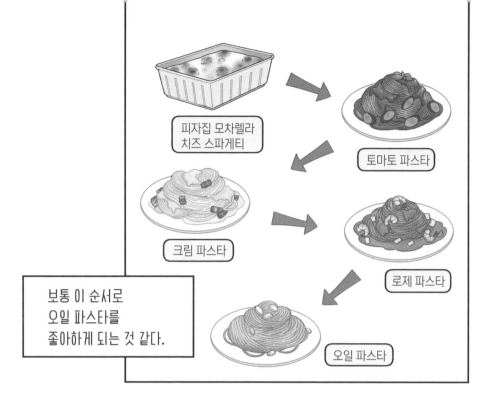

피자집 모차렐라
치즈 스파게티

토마토 파스타

크림 파스타

로제 파스타

오일 파스타

보통 이 순서로
오일 파스타를
좋아하게 되는 것 같다.

그리고 모든 오일 파스타에는
마늘이 들어가야 옳다.

흐읏…

오일은 마늘과 만나면
반드시 맛있어집니다.

반박 시
호랑이.

향긋한 올리브유에 더해지는 마늘 향,
기름에 지글지글 볶아지며
고소하고 단맛이 감도는 마늘.

통후추도 갈아 뿌려주고
깔끔하게 매운 페페론치노,

구운 마늘은
향긋하고 맛있는
감자 같은 느낌이라

많으면
많을수록
더 맛있어집니다.

냠-

이렇게 맛있는데
향만 내기는
아깝잖아!

치즈가루도 조금 더해주면 좋다.

치킨스톡이나
참치액을 넣어주
더 맛있어요.

소로록…

잘 볶아진 마늘 몇 조각을 포크로 먼저 찍고,

면을 돌돌 말아 크게 한입.

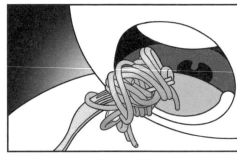

음…

짭조름하고 감칠맛이
깊게 감도는 이 맛을

왜 어릴 땐 더
일찍 알지 못했을까?

만들기도 간편하고 맛있다 보니 이제는
자주 먹는 집밥 메뉴 중 하나가 되었다.

간단하게
오일 파스타나
먹을까?

벌떡!

(기상과 함께 정해지는 아침 메뉴)

마늘과 마늘쫑,
고등어구이와 함께
먹기도 하고

때로는
고사리나 가지,
새우와 함께

바질페스토를
조금 넣어서!

의외로 냉장고 파먹기에
특화된 음식인 것이다.

이것저것
넣다 보면

생각보다 다
잘 어울려요!

만화에는 저만큼만 그렸지만 실제로 알리오올리오를 만들어 먹을 땐 마늘을 더 많이 넣어요.
풍미를 위해 간 마늘도 넣고, 약간 튀겨진 듯한 식감이 좋은 편마늘도, 감자처럼 포슬하게 익혀지는
통마늘도 넣어요. 한국인은 마늘 섭취량이 충족되지 않으면 곰으로 돌아가버리고 마니까요.

더티초코 팽오쇼콜라

먹을 때 유독 조심해야
하는 음식들이 있다.

흰 옷에 튀면 지워지지도 않는
빨간 국물 음식들,

솔직히… 안 튀길
자신 없어서

그냥 흰 옷을
잘 안 사는 편입니다.

칠칠…

자기 객관화가
잘되는 타입이군요.

제대로 안 식히고
입에 넣었다가
입안 다 허는 타코야키,

헙 커억!
헙… 헙!!

뱉을 준비

맛있다고 우걱우걱 먹다가
입안이 다 까지는 감자칩,

연약한
인간이여.

저를 먹겠다니
용감하군요.

맛있는 주제에
뾰족하고 난리.

그리고 먹을 때
숨 쉬면 안 되는 음식도 있다.

뭐? 숨 쉬지
말라고?

말이 되냐.

불

편~

개인적으로 깔끔하게 먹을 수 없는
음식들은 선호하지 않는 편이지만

다섯 살
이신가요?

나도 이렇게 먹고
싶지 않았다.

더티초코 팽오쇼콜라만큼은

겉면에는
손에 치덕치덕
묻는 초콜릿과

먹는 내내
풀풀 날리는
가득 쌓인 코코아가루

한 번
베어 물 때마다

결결이 부서져서
바닥에 다 떨어지는
페이스트리

와, 정말
거지꼴!

이 세 가지 더러움 조건이
모두 충족돼야 맛있는 음식 중 하나다.

먹다가 숨 한번 잘못 들이쉬었다가는
코 안에 코코아 향기가 가득한
하루를 보내게 될 수도 있다.

큽…! 쿨럭!!!
쿨럭!!!!

숨 참고
먹어야죠.

앞사람에게도
민폐!

하지만 맛있으니까 어쩔 수 없다.

대충 다섯 살의 동심을
불러일으키는 음식이라고
포장해보는 건 어떨까.

선생님, 쟤
흙 먹어요!

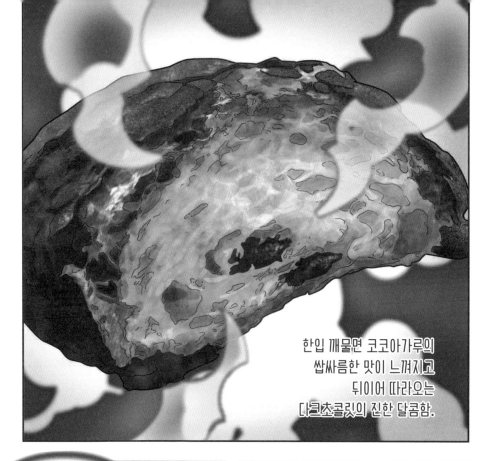

한입 깨물면 코코아가루의
쌉싸름한 맛이 느껴지고
뒤이어 따라오는
다크초콜릿의 진한 달콤함.

먹으면 입안에
기름막이 남는
준초콜릿 맛이 아닌

입안에 들어가자마자
진하게 녹아내리는
진짜 초콜릿 맛이야…

뀨

덕~

얇게 쌓인 페이스트리는
파사삭 하며 부서지고

쌉싸름하고 달콤하며,
고소하고 부드러운 맛이
입안에서 한데 섞인다.

엄청나게 달 것 같은 비주얼이지만 막상 먹어보면 적당히 씁쓸한 단맛에 기분 좋아지는 담백함까지 있는 빵이지.

많이 안 다니까 두 개 먹겠다는 소리군요.

꺽

도저히 집중이 되지 않고 멍한 작업 시간, 라테와 함께 먹으면 정신이 번쩍 든다.

커피와 다크초콜릿이 합쳐진 카페인의 위력!!!

타
타
타
다
탁

다른 의미로도 정신이 번쩍 든다.

ㅋㅋㅋㅋㅋㅋ ㅋㅋㅋㅋㅋㅋㅋ 아!

기왕이면 혼자 먹도록 합시다.

워…

뺑오쇼콜라를 먹을 때 항상 입에 묻히지 말아야지… 하고 생각하는데
아직 한 번도 성공한 적이 없어요:D

멸치

어렸을 적 키가 크고 싶어서 우유를
열심히 마셨지만

초등학교 때는
유당불내증 없었음.

끌꺽
끌꺽
끌꺽

키는 커지지 않았다.

……

떨어지는 꿈을 꾸면 키가 큰다고 하는데

억…!

움찔!

디뎠는데 없는
바로 그 느낌

움찔!

으윽!!!

수면의 질이 하락할 뿐
역시나 크지 않았다.

아,
잠 제대로 못 자면
키 안 큰다고.

아아아

아아악

키는 유전자가 결정한다.

호적
메이트

…???

하지만 유전자도 나에게는
공평하지 않은 것 같다.

뭐 이제 와서
어쩌겠나 싶습니다.

덜 큰 대로
살지 뭐.

ㅋ

ㅋㅋ

○○○cm네요.

뭐야,
돌려줘요.

네??? 왜 또
줄었지???

우유 열심히 마신 거?
다아~ 소용없다.

떨어지는 꿈도
다아 소용없습니다.

쭉

욱

스트레칭이나
열심히 해야지.

그리고 또 키가 크고 싶어서
열심히 먹었던 오늘의 음식 멸치.
집 반찬으로 언제나 구비되어 있는
멸치볶음!

멸치를 기름에 약불로 볶다가
마늘과 간장 조금,
올리고당을 넣어 윤기와 단맛을 더해준다.

집 반찬 기본템

김치

멸치볶음

나물

콩나물무침

없어서 못 먹는
진미채무침

치이익 °°°

여기에 깨를 뿌리거나 견과류를 더해주면
언제 먹어도 맛있는 멸치볶음이 완성되는 거지!

잔멸치볶음은 밥과 한데 뭉쳐 주먹밥으로,

고추장양념에 볶아 오니기리 속에 넣으면 간단하고 맛있는 식사 완성!

맛있는 멸치는 이렇게 멸치볶음으로 먹거나 국물을 낼 때 쓰는 게 가장 보편적인 조리법이지만

사실 멸치는 튀겨 먹을 때 가장 맛있다.

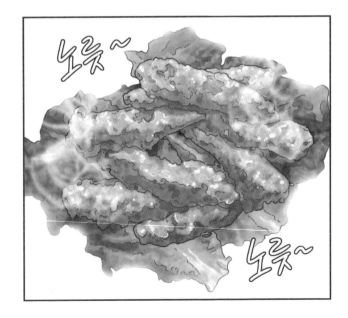

튀기면 다아~
맛있는 게 아니고

정말로 튀겨 먹을 때
가장 맛있어요!

기름기가 적고 담백해서
튀기면 느끼하지 않고
고소한 맛이 납니다.

어릴 적, 해수욕장에 멸치 떼가 들어오면
동네 어른들이 나가서 그물을 치고
해안가까지 멸치 떼를 몰아왔는데

구경하던 동네 사람들과
여행객들도 합세해 그릇이나 뜰채로
바로 건져 나눌 정도로
멸치가 가득하게 잡혔었다.

그렇게 잡아 온 통통한 멸치를
엄마가 바로 튀겨줘서
간장 양념장에 찍어 먹던 맛이
아직도 잊히지 않는다.

고소하다가 아니고
꼬소~~하다고
해야 할 것 같아.

바사삭 하며 부서지는
튀김옷 안에
기름기 없이 고소하고
부드러우며 담백한
멸치의 맛.

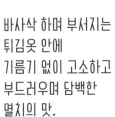

배추를 넣고 맑게 끓인
생멸치국은
정말 정말 고소하고 달며
담백한 맛이 난다.

자작하게 졸인
생멸치 조림도
밥에 척 얹어 먹어야지.

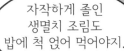

다른 생선들과 비교해도 독보적으로
고소하고 담백한 맛이 좋은 생선인데
말려서만 먹는 건 참 아쉽다.

지금은 옛날처럼 해수욕장 근처까지
큰 멸치 떼가 자주 들어오거나 하진 않지만

이 맛을 오래 즐길 수 있었으면 좋겠다.

이번 화를 그리고 갑자기 멸치튀김이 너무 먹고 싶어져서 멸치를 사다 튀김을 해 먹었어요.
고소해서 자꾸 더 먹고 싶은 맛!

호불호 특집

오늘은 호불호가 많이 갈리는
음식에 대해 이야기해봅시다.

호!!!!!

불호!!!!

그중 단연코
첫 번째로 이야기할 수밖에
없는 음식은
민트초코가 아닐까?

요즘 누워서 휴대폰으로
이런저런 글들을 눌러보다 보면
가끔씩 이런 글들이 보인다.

연예인 ㅇㅇㅇ
소신 발언

???

제목에 어그로
끌려서 눌러봄.

-저는 민트초코를 별로 좋아하지 않아요.

……

그렇군요.
그냥 그렇구나
싶습니다.

○○○의 소신 발
역시 반민초단이었

하지만 댓글을 보면 언제나
논쟁의 장이 펼쳐져 있다.

민초는 완벽한
디저트입니다.

민초 치약 맛인데
뭐 하러 민초 먹나요?
그럴 바엔 초콜릿에
치약 올려 먹고 말지.

치약이 민트 맛인 건데?
맛있으니까 치약으로까지
만드는 거다, 이 악마야.

투닥

투닥

민초 vs 반민초

사실 모두 이렇게 생각하고 있지만
재밌으니까 계속하고 있는 것 같다.

민초가 호불호
갈릴 수 있지…

민초도 생각보다
나쁘지는 않은 듯.

이쯤에서 저도
소신 발언하겠습니다.

민초…
나쁘지 않아.

할

하지만
초민이라면?

두근!

달콤하고 진한 초콜릿의 맛을
화하게 씻어주는 민트 향…

초코민트야말로
초콜릿과 민트의
완벽한 비율이라고
생각되는데

왜 이렇게
선호도가
낮은 걸까요.

민초는 조금 애매하다.

상쾌한 민트 향을
덮어주는 초콜릿…?

이 닦고
초콜릿 먹기.

잠깐잠깐! 물론
맛이 없다는 건
아닙니다.

그렇지만 민트의
비율이 높은 건

사과셔벗 아이스크림과
적당한 비율로 섞인
애플셔벗 민트가 좋지 않나
라고 생각합니다.

민트와 상큼한
과일의 조합은

어떻게 먹어도
옳으니까요!

두 번째 호불호는
하와이안피자다.

과일을 따뜻하게
먹는 악마다!!!!

아니… 솔직히
파인애플만큼

따뜻한 음식에
아무거나 막 어울리는
과일이 또 어딨다고.

짭짤하고 느끼~하게
베이컨에 페퍼로니, 치즈까지
기름기 줄줄 흐르는
피자 위에

으휴~
맛있어가지고.

살짝 구워져서 달콤~해진
파인애플 한 조각이 단짠을 채워주며
상큼한 끝맛으로 입안의 기름기를
싸악~ 넘겨주는 이렇게 완벽한 조합이
또 어딨음?

파인애플만큼 따끈하게 먹었을 때
맛있는 과일이 또 있을까.

파인애플에 밥을 볶으면
파인애플볶음밥

과자로 구워내면
펑리수

탕수육에 파인애플?
어휴 맛있어.

스테이크에
파인애플을
같이 구워서

이렇게 먹으면
얼마나 맛있게요?

그런 걸
왜 먹냐.

감사합니다.
저만 먹도록
하겠습니다.

그리고 오늘의 호불호 음식 마지막!

자, 여기 맛있는
롤케이크가 있습니다.

이게 왜
호불호냐고요?

자세히 보시길 바랍니다.

꺄아아아아악 지뢰 찾기다!!!!

(건포도 지뢰)

빵이나 떡에 들어 있는 건포도가 싫으신 분들은 혹시 이건 어떨까요?

뭐야… 건포도잖아요~!

강낭콩인데요.

……

그래도 모카빵만큼은 건포도가 없으면 섭섭할 것 같아요.

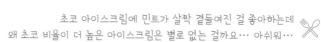

초코 아이스크림에 민트가 살짝 곁들여진 걸 좋아하는데 왜 초코 비율이 더 높은 아이스크림은 별로 없는 걸까요… 아쉬워…

쑥인절미

나는 어릴 적 굉장히 조용하고
얌전한 아이였지만
은은하게 돌아 있었다.

지금 생각하면 도저히 흥미가
가지 않는 사전 같은 책들을 쌓아놓고
읽는 것을 좋아했는데

거기서 멈추지 않고
책에 나온 것들을
이것저것 따라 해보고는 했었다.

오, 정말로
신맛이 난다!

채집한 풀

이건 이런
효능이 있구나.

지금 생각해보면
잘 살아남은 것이 참 다행이다.

책에서 본 거랑
비슷하니까
입에 넣어보기

상처에
약초 바르기

뒤지려면
뭔 짓을 못 해…

그래도 키우기는 재밌는 아이였던 것 같다.

쑥 찜질은
관절염에 좋다…!

약초사전

쑥을 따고

말리고

우려내서…

무릎이 아프다 하시니
책에서 본 대로
따라 해보았습니다.

엌ㅋㅋㅋㅋ
ㅋㅋㅋㅋㅋ
ㅋㅋㅋㅋㅋ

다소곳…

왜 웃죠??

(그 후로도 그런 일은 종종 계속됐음.)

감기에 좋은
배와 귤과 감과

생강과 꿀을
끓인 차입니다.

쿨럭

쑥!

… 그냥 쑥찐빵
해서 먹자.

찜질해
줄까?

건강에도 좋고 맛도 좋은
오늘의 음식 쑥인절미.

쑥을 처음 접하는 외국인들은 쑥 향을
흙냄새와 비슷하게 느낀다고 한다.

어릴 적부터 좋아하던 음식이라
딱히 그렇게 느껴본 적 없지만

쑥떡
맛있어!

?????

그런가? 하고 생각하며
쑥 향을 찬찬히 다시 맡아봤더니
정말로 흙과 비슷한 향이 나는 것이다.

흐으읍!

그러게. 진짜
흙이랑 비슷한
향기가 나잖아?

근데 이게 뭐라고
이렇게 맛있냐.

나 흙
좋아하네.

사실 흙도
맛있는 거 아님?

봄 흙의 풋내를 가득 담은 쑥은
향긋한 도다리쑥국으로,

바삭삭 하며 향이 터져 나오는
쑥전으로 먹어도 좋지만

역시 쑥은 디저트다!

쑥찐빵

쑥꿀떡

쑥개떡

쑥버무리

쑥절편

그리고 그중에서 가장 맛있는 건 쑥인절미!

인절미… 어감도
쫀득쫀득한 거봐.

고소한 콩가루에 보이지 않을 만큼 파묻힌
쑥떡을 가위로 숭덩숭덩 잘라내어 입에 넣으면

고소한 콩가루와
향긋한 쑥인절미가

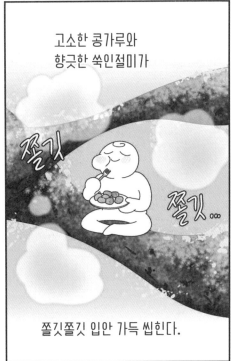

쫄깃쫄깃 입안 가득 씹힌다.

그리고 따끈한 생강꿀차 한 모금.

입안에 텁텁하게
남는 콩가루를

생강차가 깔끔하게
씻어줍니다.

전자레인지에 살짝 돌려
인절미가 푸우욱 하고 녹아내리면
포크로 돌돌 말아 콩가루를 묻혀
먹는다.

쭈우욱 늘어나는
모차렐라
치즈 같아.

더운 여름에는 단팥 우유빙수 위로
쑥떡을 큼직큼직하게 올려서

입안에 꽉 차게 넣으면
더위도 짜증도
한번에 내려간다.

찌잉…

냉동실에서 쑥인절미를 살짝 얼렸다가
꺼내 먹는 것도 좋다!

냉기가 폴폴 나는
떡이 입안에서
사르르 녹아가는
맛이

여름과 또
잘 어울려!

요즘은 쑥 디저트가
정말 많아져서

할미 입맛은
행복합니다.

이사 오기 전 자주 가던 떡집에서 쑥인절미와 사과 조림이 올려진 인절미를 사다 먹었던 기억이 나요.
정말 맛있었는데… 꼭 다시 먹어보고 싶어요.

키토 김밥

감정 기복이 적고
무던한 편인 본인.

음, 그렇군.

그렇군요.

오…
그렇군요.

대체로 이런 느낌이라
딱히 재미있는 사람은 아니지만

작은 실수에도 크게 민감해지는 남편은

다른 일에 정신
팔렸다가 다 태웠어.
아… 아, 정말…

나의 무던함이 상당히 안정감 있어서
좋다고 했다.

설거지하고
다시 만들면 되지요.

그냥 라면
먹을까?

그런데 어느 날부터 몸 상태가
들쭉날쭉한 것이다.

혈당에
문제가 있나?

이상하다…
조그만 허기에도

어질

어질

손이 떨리고
어지러움이 심하잖아.

라는 생각이 들어 검사를 해봤지만
괜찮았다.

(안심)

그래도
불안하니까

탄수화물
과잉 섭취를
줄여봐야겠군!

(또다시 시작된 지키지 못할 약속)

탄수화물은 너무 맛있다.

단백질은
포기할 수 있는데

탄수화물은
포기 못 함…

내 삶의 많은 의미가
탄수화물에 있기
때문입니다.

냠

냠

백미와 간식 섭취를
적당히 줄이는 방법은
시도해볼 수 있을 것
같아.

연두부
구이

현미밥
양배추 쌈

서서히 좋은 탄수화물로
식단을 채워보면
좋지 않을까.

……

여러분
그거 아세요?

나쁜 탄수화물을
먹지 못하면

내가
나빠집니다.

불량…

나쁜 탄수화물을 섭취해
건강이 나빠지거나

나쁜 탄수화물을
섭취하지 않았지만
나쁜 인간이 되는 것…

두

둥

우리는 결국 이 딜레마에
빠지게 되는 거였을까요…

탄수화물은 성격을 좋게 만듭니다.

기복이 없고 안정감 있는 건 내가 아니었다. 탄수화물이었다.

은화…

그래도 건강을 포기할 수 없지!

탄수화물을 줄이면서 최대한 맛있게 먹을 수 있는 음식을 찾아보자.

오래 살고

오래 먹자.

라는 생각에 먹어보게 된 게 바로 '키토 김밥'이다.

키토 김밥은 김밥의 주재료인 밥을 통째로 빼내버린 음식으로 밥 대신 계란 지단이 가득 들어간다.

탄수화물은 줄이고

계란으로 단백질을 더 많이 섭취할 수 있죠.

밥이 빠지거나 다른 재료로
대체되면 많이 섭섭해지는
다른 음식들과 달리

그냥 콜리플라워
작게 잘라서 다른 채소
볶은 거잖아…

내 밥
내놔요.

* 대표적인 예:
   콜리플라워 라이스
   볶음밥

키토 김밥은 밥이 사라졌는데도
그대로 맛있고 든든하기까지
하다는 점이 좋다.

아-

볶은 당근은
달콤하고

오이는
아삭아삭

짭조름한 햄에
상큼한 단무지

재료들을 감싸주는
포슬포슬한 계란 지단

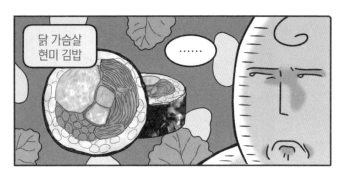

김밥을 건강하게
먹는다고 해서
이런 식이었다면
슬펐을 것 같지만

원래 김밥에서
식감만 포슬포슬하게
바뀐 느낌인걸!

하지만 인간이란…
언제나 같은 실수를 반복한다.

 키토 김밥은 이렇게 맛있고 든든한데 왜 먹고 나면 밥이 계속 당기는 걸까요?
역시 한국인은 밥심인 걸까…

커리

음식을 먹을 때,
그 음식의 문화나 예절과 함께하면
식사 시간이 훨씬 다채로워진다!

젓가락질을 잘해야만
밥을 먹는 건 아니지만

경험하고 즐겨보는 건
언제나 좋아요.

차예법을 배워 차를 즐기는
다례부터

아주 넓은 의미로 보자면
초밥을 맛있게 먹는
순서나 방법까지도
그 음식이 가진
문화라고 할 수 있지.

오늘의 주제는
특이한 식문화를 가진 음식
커리.

어릴 적 커리를
처음 먹으러 갔을 땐
티브이에서 봤던 인도의
손으로 먹는 문화를
꼭 체험해보고 싶었는데

두근…!

아니어서 대실망했던 기억이 있다.

안 돼…
어째서…!!!

손도 깨끗하게
씻었다고!!

그나저나 처음 접하는 커리라는 음식이
어찌나 기대가 되던지!

카레는 급식이나 집밥으로
흔하게 먹어왔는데

카레와 커리는
어떻게 다를까?

당근
그만…!

커리는 인도에서 시작해
영국으로,

영국에서
다시 일본으로

그리고 일본에서 우리나라로 도착해
이러한 모양새로 자리 잡았다!

**이 정도 양으로
끓이는 게 국룰!**

평소에 일본과 우리나라식의
카레를 정말 좋아했기 때문에
두근두근하며 메뉴판을 확인했는데

이것도
맛있겠다.

그중 내 눈을 사로잡은 건

시금치 치즈 커리인 팔락 파니르였다!

나 이거 먹어볼래!

으악! 초록색이잖아. 평범한 걸로 골라봐.

얘 또 신기한 거 먹는다.

시금치 커리라니 정말 맛없을 것 같지만

이런 맛을 또 언제 경험해보겠어!

끈기 없이 풀풀 날리는 인도의 바스마티쌀밥과 함께 먹어본 팔락 파니르의 맛은

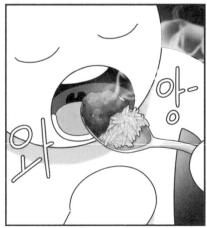

놀랍게도 정말 맛있었다!

맵지 않고 담백하면서 굉장히 고소하고 크리미해…

입안에서 알알이 흩어지는 밥알의 식감도 쫀득하니 좋아.

부드러워서
술술 넘어가다가도
특유의 강한 향신료가
재미를 더해주며,
간간이 씹히는
인도식 코티지치즈는
치즈 특유의
꼬릿한 향 없이 담백하고
두부 같은 맛을 낸다.

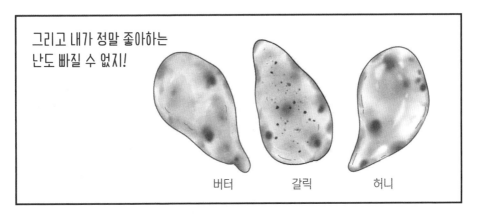

그리고 내가 정말 좋아하는
난도 빠질 수 없지!

버터　　　　갈릭　　　　허니

기대했던 맨손으로
밥 먹기는 못했지만
커다란 난을
손으로 쭉쭉 찢어서

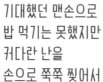

쭈욱-

쭉

커리에 푹 담가 먹으면
재미도 맛도 밥보다 한 수 위다!

이거 정말 맛있습니다...
그리는 지금도 먹고 싶음.

든든하게 먹었다면
당연히 후식을 먹어줘야 한다.

아… 배불러.

달콤하고 상큼한 인도 요거트인
라씨로 마무리

달지 않은
라씨도 있음.

꿀꺽

꿀꺽

꿀꺽

크ㅇㅇㅇㅇ…!

그렇지만 더
배부를 예정!

유

오!

오

믿고
있었다고~!

커리도 카레도 모두
행복해지는 맛 같아요.

커리는 난과 함께 손으로 쭉쭉 찢어서 먹는다는 점이 즐거워요. 괜히 더 맛있게 느껴진달까!

슈바인스학세&족발

어릴 때부터 선망해오던 음식

만 화

고 기

고기를 잘 먹는 편이
아니었는데도

원시인처럼 한 손으로
커다란 고기를 잡고

냠!

우걱우걱 뜯어보는
로망이 있었죠.

큭큭큭
뜯으러 가보자고~

뚜둑

뚝

그래서 만화 고기와
비슷한 모양으로
요즘 유행한다는
슈바인스학세를
먹어보게 된 것!

슈바인스학세는
돼지다리를 구워 만드는 독일의 음식으로
포크로 겉을 두드려보면 굉장히 딱딱하지만

만화 속 고기처럼 한 손에
슈바인스학세를 쥐고 한입 베어 물면

바삭한 껍질이 부서지며
지방질의 육즙이 터져 나온다.

살코기 부분도
촉촉하고 야들야들해…

질길 것 같았던
비주얼과는 달리
안쪽의 촉촉한 살코기가
스르르 풀어지며
뼈와 쉽게 분리된다.

뼈와 살이 이렇게
쉽게 분리되다니!

이런 슈바인스학세를 먹고 있자면 갑자기 막국수가 당기는 것이다.

와, 막국수 겁나 땡기는데.

느끼~

돼지고기의 같은 부위를 사용하는 요리여서인지 슈바인스학세와 족발은 상당히 비슷한 느낌을 준다.

막국수 당기는 이유가 있었네.

슈바인스 학세

족발

돼지고기의 앞다리 부위에 양념을 하고 로스팅팬에 흑맥주를 부은 뒤 고기가 부드러워질 때까지 오랜 시간 오븐에 구워내는 슈바인스학세…

문질…!

그리고 앞다리 부위와 발까지 초벌로 삶은 뒤 양념된 육수에 오랜 시간 부드러워질 때까지 삶아내는 족발…!

슈바인스학세는 만들 때 맥주를 넣지만 족발은 먹을 때 맥주를 위에 넣으니까 더더욱 비슷한 듯하다.

* 슈바인스학세도 맥주와 함께 먹는다.

꿀 꿀 꿀

비슷한 음식이기 때문에 좀 더 쫄깃한 껍질을 원한다면 족발을,

바삭바삭한 껍질을 원한다면 슈바인스학세를 먹어보는 것도 좋을 것 같아요.

둘 다 맛있는 음식이지만 고기보다 그 이외의 것을 더 좋아하는 나에게는 족발 쪽이 더 취향에 맞는다!

VS

고기 < 그 이외의 것

분명히 족발을 시켰는데

리뷰

세트 구성이 푸짐해서 좋아요!

왕족발 세트 👍

족발보다 더 많은 구성이 따라온다는 것이 족발 세트의 최대 장점이 아닐까요.

쌈장 바른 족발에
무말랭이무침을 척,
쌈무에 한번 싸서 먹고

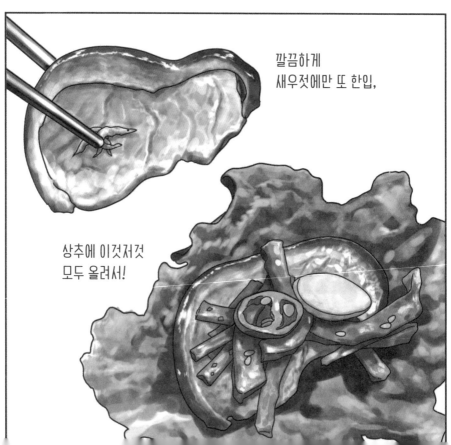

깔끔하게
새우젓에만 또 한입,

상추에 이것저것
모두 올려서!

알배추에 굴과
족발을 함께 먹는
굴족발보쌈과

김가루밥과 함께 먹는
매콤한 불족발+치즈

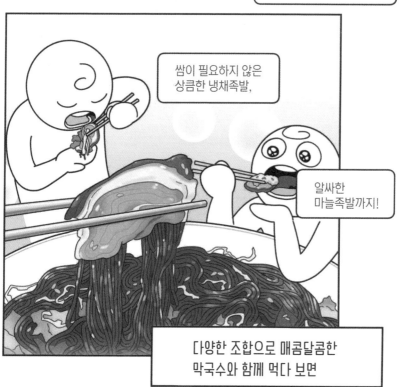

쌈이 필요하지 않은
상큼한 냉채족발,

알싸한
마늘족발까지!

다양한 조합으로 매콤달콤한
막국수와 함께 먹다 보면

나 의외로
소식하는 스타일
아닐지도…

내가 이렇게까지
많이 먹을 수 있었나…?
라는 점을 깨닫게 된다.

맛있게 먹다 남긴 족발은
다음 날 기름에
튀기듯이 볶아주면
입안에서 사르르 녹는
맛있는 반찬으로
재탄생한다.

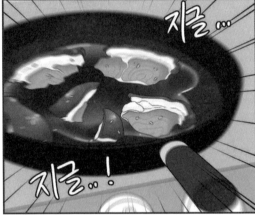

지글…

지글…!

족발로 이틀 내내
행복하기 성공!

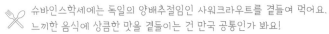

슈바인스학세에는 독일의 양배추절임인 사워크라우트를 곁들여 먹어요.
느끼한 음식에 상큼한 맛을 곁들이는 건 만국 공통인가 봐요!

몸국

제주도에서
서울로 상경했을 때
사투리 안 쓰려고 하면
안 쓰는 거지 뭐~
라고 생각했던 나는

뭐 하맨?

????

????

육지 완.

기? 무사
진작 안 고란?

친구와
대화할 때

기????

어떵
경했댄?

불특정 다수와
대화할 때

아
그래요?

어떻게
그랬대요?

생각보다 내가 표준어라고 착각했던
사투리가 굉장히 많았다는 걸 깨달았다.

잠깐... 이것도
사투리라고?!!

나만 모르는
몰래카메라
아님?

예를 들자면…

아, 나는 몸질을 좀 많이 해가지고…

뭐어어어어엇!!!!! 몸질이래…!!!

몸질이 뭔데?

몰라, 이상해.

????

이런 상황이 많이 벌어졌다.

왜왜 몸질이 왜 뭐가????

이거 표준어 아니야?!!!

왜 이렇게 반응이 격해.

몸질=수면 중 뒤척임

아… 그런 뜻이었어?

머쓱~

생각지도 못했다.

이거 굉장히 오해받기 쉬운 단어였구나…

캬~~~ 이거 배지근하고 좋네!

으

콜

그리고 음식 맛을 표현할 때도 비슷한 상황이 발생하기도 한다.

그게 뭐야.

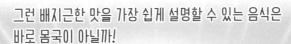
그런 배지근한 맛을 가장 쉽게 설명할 수 있는 음식은
바로 몸국이 아닐까!

몸국은 모자반(몸)과 돼지고기 육수,
그리고 메밀가루를 넣고
약간 걸쭉하게 끓여 낸 국이다.

지금 생각해보니
몸국도 좀 이상하게
들릴 수 있을지도.

꺄아악

몸국은 보통 잔치 때 흔하게 먹는데
식당에서 파는 몸국은 좀 더 깔끔하고
맑게 끓여진 것들이 많다.

잔치 몸국

식당 몸국

수육과 순대, 갈치구이, 빙떡,
지름떡, 회, 뿔소라 산적 등이
가득하게 올라간 잔칫상에

마지막으로 따끈한 몸국 한 그릇.

국물은 진하며 감칠맛이 돌고

육수가 가득 배어든 모자반의
톡톡 터지는 식감이
입안을 즐겁게 해준다.

몸국만 먹어도 특유의 걸쭉함 때문에
밥 없이도 충분히 든든하게
먹을 수 있지만

든든~하다.

밥을 말아 먹으면

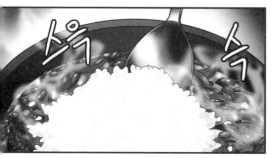

죽처럼 배 속부터
든든하고 따끈해지는 기분!

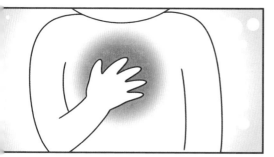

그래서인지 기력이 없는 날에는
몸국이 어른어른 생각나기도 한다.

아… 몸국에
오징어젓갈 척 올려서
한입 먹고 싶다.

여행하느라
지친 몸을

배지근한 몸국으로
풀어보는 건 어떨까요?

후룩-

 제주도에는 배지근한 음식이 많아요. 몸국도 그렇지만 접착뼈국도 국물이 걸쭉하고 묵직하답니다.
제주도에 온다면 한번 먹어보세요!

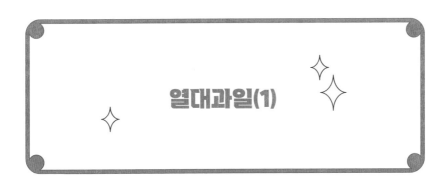

열대과일(1)

오랜만에 뷔페에 갔다.

뷔페 오면
본전 뽑는 사람

본전 못
뽑는 사람

여기 있는 거
내가 다 먹어야지.

와, 정말 경이로운
식욕이다…

그렇게 탑 쌓지 않아도
그냥 또 떠서
먹으면 되잖아.

또 떠서
먹을 건데용?

그렇게 남편과 한 접시를 맛있게 먹고
두 번째로 디저트를 가져왔는데

디저트
타임~!

뷔페 와서
과일을 왜 먹니.

내 접시를 보고 남편이 말했다.

코로롱??!

코로롱과 닮은 이 과일은
뷔페에서 자주 볼 수 있는 람부탄이다.

대형마트에서
냉동으로 많이 판다.

그리고 비슷한 맛의 리치도 있지!

눈알과
닮은 모양

맛있지만 공복에 먹거나
덜 익은 과일을 먹을 경우

저혈당을 일으켜
위험할 수 있으니
주의해야 합니다!

동그랗고 탱글탱글한 과육을
어금니로 깨물면

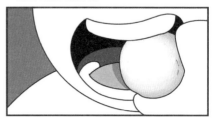

달콤한 맛이 입안에서 터져 나온다.

어쩜 이렇게 젤리처럼 몰캉몰캉할까?

코코넛 젤리를 먹는 것과 비슷한 느낌이야.

신맛 없이 몽글몽글 달콤한 맛!

그렇게 람부탄과 리치를 입안에 넣고 우물우물 씹고 있자면 코로롱 이전의 경험이 생각나는 것이다.

맛있다 그치?

냠 냠 냠

오, 생각보다 이상하지 않고 젤리 같네!

나는 과일을 먹는 것도,
따고 자르는 영상을 보는 것도 좋아해서
외국에 나가 접해보지 못한 과일을
잔뜩 먹어보는 게 꿈이었는데

동남아 쪽으로 가서 열대과일을 쌓아놓고 먹어보고 싶다-

몇 번의 여행으로 다양한 과일을 접해볼 기회가 있었다.

필리핀에서 호텔 조식으로 매일같이 먹었던 망고

냠 냠 냠

지금도 이 기억으로 현생을 살아간다.

그리고 수오수와의 중국 여행에서
처음이자 마지막으로 먹어본
코끼리 망고!

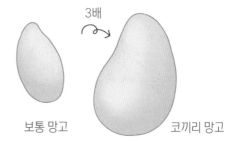

3배

보통 망고   코끼리 망고

의외로 중국은 과일이 맛있는 곳이어서
길거리에서 그냥 사본 귤도
정말 달고 맛있었다.

혁, 진짜 달고
적당히 상큼해.

땅덩이가 넓은 나라라
맛있는 과일도 많구나.

그러던 중 눈에 들어온 거대한
코끼리 망고를 사 들고 기대하며
호텔 방으로 들어갔는데

귤도 정말
맛있었는데

이건 얼마나
맛있을까?

이거…
어케 먹음?

당황…

망고는 있었으나
껍질을 벗겨낼 칼이
없었던 것이다.

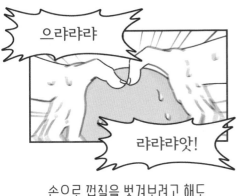

으랴랴랴

랴랴랴앗!

손으로 껍질을 벗겨보려고 해도
망고가 거대해서인지
껍질도 단단해서 실패했는데

…!

잠깐, 괜찮은
생각이 떠올랐다.

마침 코팅된 종이가 있었던 것이다.

코팅된 종이에
손 베이기 n년 차의
감으로

망고 정도는 문제없이
깎을 수 있다는
판단이 섰습니다.

나름 깎이기는 했지만
예리하지 않아서인지
과즙이 줄줄 흘러내렸다.

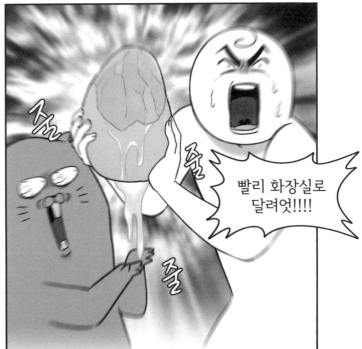

줄

줄

줄

빨리 화장실로
달려엇!!!!

(결국 화장실에서 먹었음.)

너 한입
나 한입~

우리
정말 더럽다.

코끼리 망고…
맛있었지…

과즙이 너무 많아서
줄줄 흐르고…

그거 그냥 종이에
으깨져서 흐른 거임.

하지만 맛중의 맛은 고생 후
먹는 맛이라고 했던가.
코끼리 망고는 중국에서
가장 맛있게 먹은 음식이 됐다.

우욱!

욱…

욱!!!

그리고 또
먹어보고 싶었던
과일이 있었으니

그건 바로 두리안!!!

 다음에 해외에 간다면 열대과일이 많이 나는 곳으로 가서 냉동이 아닌
생과 상태의 리치를 잔뜩 먹어보고 싶어요! 정말 맛있다는데… 무슨 맛일까?

열대과일(2)

역겨운 냄새 때문에
천국의 맛과 지옥의 향을 가진
과일이라고 불리는
과일의 왕 두리안.

남편과 갔던 대만 여행 때
꼭 두리안을 먹어보고자
다짐을 했었다.

한입만 먹어도 하루 종일
입안에서 냄새가
사라지지 않는대.

그런 걸 꼭
먹어야겠어요?

이런 걸 또 언제
먹어보겠어?!!

비 장

와, 정말
쓸데없는 비장함!

라고 말하며
자신만만하게 과일 가게로 향했는데

이거 주세요.

……

두리안을 사겠다고 하니 친절한 과일 가게 사장님께서 미묘한 표정을 지으며 손질한 두리안의 포장을 뜯어 냄새부터 맡아보라고 해주셨다.

츄라이
츄라이

그렇게 맡아본 두리안 냄새는

쿵쿵

그냥 음식물 쓰레기였다.

음쓰이며…

비 오는 날 젖은 신발로 열심히 땀 흘리며 다닌 후의 쉰내이며…

우욱!

청소 안 한 화장실의 배수구 냄새네…

막상 냄새를 맡고 나니 도저히 입에 넣을 용기가 나지 않았다.

동물들도 거르는 이유가 있구나…

찝찝…

우웩

ㅋㅋㅋ
ㅋㅋㅋ

과일 가게 사장님의
은밀한 취미 생활을
알아버린 것 같군…

두리안을
사지 못하겠다고 했지만
사장님은
기분이 좋아 보였다.

관광객들에게
두리안 냄새 맡게 하고
반응 구경하기

그래서 포기하고 궁금했던
다른 과일들을 여러 가지 골랐다.

만화에서 봤던
별 모양의 스타프루트와

* 슈가애플과
비슷하지만
다르다.

부처님 머리 같은
모양새의 아테모야!

예쁜 빨간색의
애플망고와

망고를 유혹한다는
구아바,

왁스애플,

용과와
파파야까지!

용과는 제주도에서도 많이 먹어본 과일이야.

밍밍한 키위 같은 맛이지만 이상하게 계속 들어가는 중독성이 있어요.

드래곤 알 같은 모양!

아무 맛도 안 나는데?

숙소로 돌아와서 하나하나 맛을 보기 시작했다.

엄청 부드럽고 달콤해요.

애플망고는 역시 너무 맛있다…!

황도처럼 말캉한 식감이 정말 좋아.

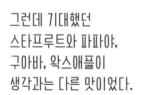

그런데 기대했던 스타프루트와 파파야, 구아바, 왁스애플이 생각과는 다른 맛이었다.

스타프루트는 생각보다 밍밍하고…

잘 익은 걸 먹으면 맛있다고 한다.

노릇~

파파야는 너무 푹 익어서 삭힌 당근 맛이 나네.

으윽…

덜 익은 파파야로 만든 솜땀은 정말 맛있다!

이걸 무슨 맛이라고 해야 할까…

쩝…

구아바와 왁스애플은
아삭하고 향긋하지만

생각보다
달지 않고
밍밍한 맛…

아삭-

약간 우리나라에서 인식이
과일=단맛이잖아요?

열대과일은
생각보다 달지 않은
것들도 많은 것
같아.

쏘옥-!

그래서 소금과 고춧가루가 섞인
양념을 같이 주는 거였구나.

오…

생각보다 잘
어울렸을지도!

자른 과일에
뿌려 먹는다.

…!!!!!

생각보다 달콤하지 않은
열대과일 맛에
약간 실망하던 차
입에 들어온
아테모야 한 조각.

아테모야 하나로
대만에 다시 놀러 올 이유가 생겼다.

싱싱한 청포도와
달콤한 백도,

그리고 잘 익은 망고를
섞은 듯한 맛이야.

이제껏 먹어본 과일 중
가장 맛있다…!

그 맛은 집으로
돌아가는 날까지도
잊히지 않았지.

다음에 또 오면
아테모야를 잔뜩
사서 먹어요.

정말
맛있었어…

기대했던 잭프루트는 손질된 걸
찾지 못해서 건과일로 조금 사고

세상에서
가장 큰 과일

너무 커서
안 되겠지?

꾸역

기념품으로
두리안초콜릿도 사봤다.

두리안초콜릿은
달달한 음식물 쓰레기 맛이었다.

울컥…

……

친구들에게 나눠주려고 샀던 기념품에
하나씩 넣어줬더니 모두들 좋아했다.

몇 개 더 있냐?
먹여볼 사람이 있다.

나는 집에 가서
혈육 줄 거임.

많이 샀으니까
걱정 마, 얘들아.

아… 또다시
과일 먹방 여행
가고 싶다!

여러분은 어떤 과일을
제일 좋아하시나요?

언제쯤 두리안 먹어보기를 성공할 수 있을까요? 후기에 따르면 처음 먹었을 땐 하루 종일 냄새 때문에
괴로워서 아무것도 못 먹었지만 그다음부터는 중독될 만큼 맛있었다고 하는데! 그 맛을 느껴볼 순간이 올까…?

김치말이 국수

봄인 줄 알았는데 또다시 여름이었다.

또… 또 나만 기대하며 옷장을

봄옷으로 채워버리고 말았던 거지.

화사…

그리고 급작스럽게 변한 날씨는 잘 있던 입맛도 떨어트린다.

투

욱

어…? 나 입맛 없네…

입맛

떨어진 입맛을 다시 살려줄 음식을 먹기로 했다.

입맛 딱 살아나는 그런 음식 뭐 없나…?

입맛 떨어졌을 땐 그냥 밥 안 먹으면 되지 않나요?

어떻게 그런 말을 함부로…!

진심

저기요…! 밥… 안 먹으면… 사람은… 죽거든요…!

한 끼 굶는다고 안 죽는다고…

사람은 자고로 자기 자신을 사랑해야 한다고 했다.

아끼고 사랑하는 사람에게 우리는 무슨 말을 할까요?

끼니 거르지 말고 잘 챙겨 먹고 다녀- 라고 합니다.

그 말을 스스로에게도 해줘야 한다는 거죠.

잘 챙겨 먹어 나 자신.

토닥

토닥

그런고로… 입맛을 돋우는 오늘의 음식!

김치말이 국수

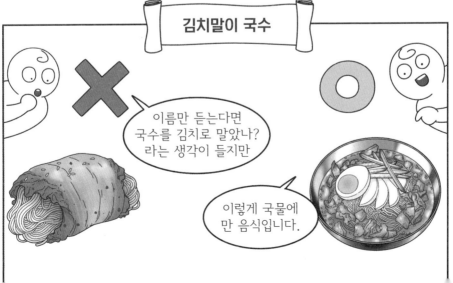

이름만 듣는다면 국수를 김치로 말았나? 라는 생각이 들지만

이렇게 국물에만 음식입니다.

상큼해서 저절로
입안에 침이 고이게 만드는
잘 익은 김치와

서걱
서걱

살얼음이 가득 낀
동치미, 또는 냉면 육수,

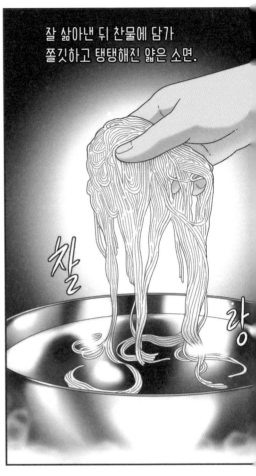

잘 삶아낸 뒤 찬물에 담가
쫄깃하고 탱탱해진 얇은 소면.

찰
랑

갖은 양념을 한 뒤

고추장   식초   참기름
설탕   깨

원하는 고명을 올려 완성한다.

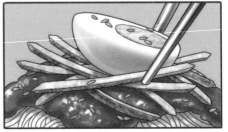

그리고 이름 그대로 말아주는 것이다!

국수를 후루룩하고 빨아들이면
국수 사이사이에 끼어든 시큼한 살얼음이
입안을 얼얼하도록 차게 만든다.

아삭아삭하게 씹히는 김치와 고명들,

꿀껄꿀꺽 하고 넘어가는
시원한 동치미 육수의 맛.

없던 입맛도 돌아오게 하는
훌륭한 한 끼인 것이다.

캬아아-!

좋다.

찰랑찰랑한 묵이 입안에서 흐늘거리는
시원한 묵사발로도 먹을 수 있다.

도토리묵과 메밀묵을
숭덩숭덩 썰어내

국수 대신 넣어주고
김가루 고명을 올려주면

이렇게 맛있는데
어떻게 안 먹냐.

떨어진 입맛은
주워 오면 됩니다.

귀찮다고
건너뛰지 말고

모두들 잘 챙겨 먹고
다니길 바라요.

 김치말이 국수는 이름을 정말 잘 지은 음식인 것 같아요.
그냥 김치 냉국수라고 지었다면 그렇게 맛있게 느껴지지 않았을 것 같은데… 김치말이 국수라니!

초코소라빵

윗부분에만 크림이 가득 얹혀 있는 컵케이크,

윗부분은
너무 달고

밑부분은
밋밋하다.

밑을 잘라내 이렇게 겹쳐 먹으면

크림과 빵 부분을 알맞은 비율로
먹을 수 있다고 한다.

거다란 홀케이크를 조금만 먹고
남겨야 할 땐 가운데 부분을 잘라 먹은 뒤
남은 부분을 겹쳐주면 된다.

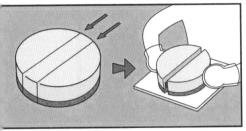

그리고 초코소라빵은
이렇게 먹는다고 한다!

아랫부분을
떼어내어

윗부분에
찍어 먹기

수분이 빠져나가는 걸
막기 때문에 놔뒀다 먹어도
그대로 촉촉하네.

초코소라빵을 먹을 때마다
항상 초코 없는 맨빵 부분을
마지막으로 먹어야 했는데

이렇게 밑부분을 뜯어서
먼저 먹는 방법이
있었다니…!

짝… 짝… 짝…

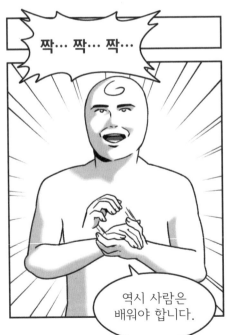

역시 사람은
배워야 합니다.

…?

시무룩…

이건…
아닌 듯…

다시 생각해보니
초코소라빵은
어떤 방식으로 먹든
맛있을 것 같다.

아, 몰라.

냠

냠

맛있는 건
어떻게 먹든
다~ 맛있어.

붕어빵 먹는 순서로
보는 심리 테스트

붕어빵을 어느 부위부터 먹든
맛있는 것과 같은 이치다.

Q 추운 겨울 따끈한
붕어빵을 건네받은 당신,
어느 부위부터 먹고 싶나요?

결과는 뒤에→

결과 공개

1. 머리를 선택한 당신	2. 꼬리를 선택한 당신
→ 머리부터 먹는 것을 좋아하는 타입입니다.	→ 꼬리부터 먹는 것을 좋아하는 타입입니다.

야이~
!@@#^^

여하튼 맛있는 초코소라빵을 다른 초코크림빵들 사이에서 확연하게 구분시켜주는 건

초콜릿도 초코생크림도 아닌 초코커스터드 필링이 아닐까!

빵과 초코라는 평범한 조합에서도 초코커스터드의 찐득한 맛은 독보적인 존재감을 발산한다.

초코+찐득=Good

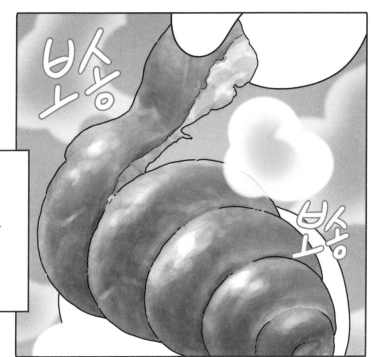

우유 향이 나는
보드라운 빵은
동그랗게 말려 올려간
소라 모양으로
결결이 찢어지고

안에서 흘러나오는
초코커스터드는
빵과 함께 입안에서
완벽한 맛을 만든다!

종구 씨는 그날
내가 초코소라빵을
좋아한다는 것을
머리에 입력했나 보다.

여보가 초코소라빵 정말 좋아하는 것 같아서 많이 사 왔어요.

이렇게까지 먹고 싶진 않았어요…

아니야, 살찌는 거 신경 쓰지 말고 먹어요.

살찌는 게 문제가 아닌 것 같은데 지금.

급발진하는 남편 덕에 초코소라빵을 잔뜩 먹고도 아직 질리지 않은 걸 보면

나 초코소라빵 진짜 좋아하네…

여전히 맛있음!

라는 생각이 드는 것이다!

다 먹었어? 초코소라빵 또 사다 줄까?

아니… 이제 그만…

초코생크림은 먹다 보면 느끼해지고 질리는 순간이 오는데 초코커스터드는 왜 이렇게 맛있는 걸까요? 그만 먹어야 하는데…

그릭요거트

침대에서 방금 일어났지만
잘 세팅된 머리에 은은한 풀 메이크업.

실크 잠옷에 털 슬리퍼를 신고
주방으로 향하면

언제나 나오는 음식들이 있다.

아보카도와 연어를 올린
오픈 샌드위치와
직접 내린 커피,

그리고 나무 그릇에
담아 먹는 그릭요거트!

맛있겠다…

쩝

갓생 브이로그를 보고
그릭요거트가 먹고 싶어졌다.

그릭요거트는
무슨 맛일까…!

-오늘도 나에게 주는
선물 같은 식사 시간..

세상에는
못 먹어본 게
너무 많아!

유당이 적어서
유당불내증인 나에게
딱인 요거트군.

그릭요거트는
그리스식 요거트로

면보를 사용해 유청을 걸러내고
당을 첨가하지 않았다는 점이
일반 요거트와의 차별점이라고 한다.

나는 요거트를
좋아하니까
그릭요거트도
당연히 맛있게 먹을 수
있지 않을까?

(바로 샀다.)

짜
안-!

그렇게 처음 먹어본 그릭요거트의 맛은

냠!

……

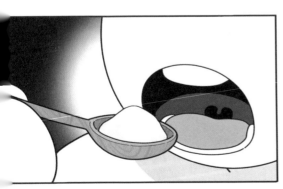

딱히 취향은 아니었다.

뭐지…

요거트인데 목 막혀…

여보 이거 먹을래?

나한테 버리지 말아주세요.

하지만 이게 뭐지 싶었던 음식들은…
어째서 다들 중독성이 강한 걸까!

(잘 때쯤 눈 감으면 다시 생각남.)

분명히 맛 없었는데…

어른~

참 기묘한 일이군.

어떤 음식에 중독될 때
항상 이런 패턴이 있는 것 같다.

이게 뭐지. → 자기 전 생각남.

와아앙

중독 ← 몇 번 반복

이전의 경험인 평양냉면과
커피로 미루어 보았을 때

그릭요거트도
중독될 게 뻔하다는
결론을 도출해냈다.

으악
행주 빤 물!

없어서
못 먹음.

으악 담뱃재
탄 물!

없어서
못 마심.

그릭요거트를 맛있게 먹기 위해
냉장고에 썩어가던
과일을 활용해 콩포트를 만들고

나는 설탕 대신
대체당을
조금만 넣어야지.

보글

보글

* 설탕을 많이 넣고
형태가 없어지게 끓이면 잼,

설탕을 덜 넣고 과육의 형태가
살아 있게 끓이면 콩포트가 된다.

식힌 콩포트를 그릭요거트 위에
스르륵 붓는다.

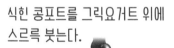

견과류와
고소하고 바삭한
그래놀라,

좋아하는
생과일도 곁들이면
완성!

상큼하고 달콤한
콩포트와 섞인 그릭요거트는
꾸덕꾸덕하면서도 부드럽고

꾸덕

바삭..

중간중간 바삭하게 씹히는
그래놀라와 달콤한 생과일이
기분을 좋아지게 만드네.

그릭요거트를
먹는 것만으로도

왠지 건강하고
부지런해진
기분!

갓 생

단걸 좋아하는 나에게는 딱 맞는
식사였다.

당 충전해서
기분이 좋아졌군요?

아니야
줄였어…!

아무튼
건강식 맞음.

놀랍게도 배가
정말 금방 불러져서

든든한 한 끼로도
충분해요!

처음 먹었을 때 이상하게도 느껴지는 꾸덕한 질감이 나중에는 계속 먹고 싶은 중독성으로 변해요.
단점은 맛있는 토핑을 계속 얹다 보면 양이 엄청나게 많아진다는 것!

순두부찌개

종구 씨는 결정이 어렵다.

어…

어…

* 고르고 줄을 섰지만
막상 순서가 되니
머릿속이 하얘진 상황

히히 피자
먹어야지.

닭강정
먹어야지!

남편에게 있어
쉽고 빠른 결정은
닭강정과 피자뿐.

질리지도
않습니까.

그 외에는 사고가 정지된다.

뭐 먹을래?

… 어…
뭐 먹지…

그냥 여보가
먹고 싶은 거
두 개 골라요.

그럼 이거랑
이거 먹을래?

아니
그건 좀.

이거랑
이건?

음…

야잇시.

그런 종구 씨가 가장 싫어하는 곳은
하나의 메뉴를 여러 가지 조합으로
골라 먹는 곳이 가능한 곳!

치즈는요?

빵은 어떤 걸로
하시겠어요?

채소는요?

소스는 뭘로
하시겠어요?

으이아ㅏ

이런 거 말고
그냥 순두부찌개 같은 거
먹으면 안 되나…

오, 순찌도 좋지…
그럼 순찌 먹으러
갈까요?

그런데 요즘 순두붓집도 그렇더라.

구들네 순두부 꺄아악

소고기 조개 순두부	9000
돼지고기 순두부	8000
짜장 순두부	8000
카레 순두부	8
김치 순두부	80
참치 순두부	800
햄치즈 순두부	90
들깨 순두부	80
굴 순두부	
만두 순두부	
곱창 순두	
황태 순	

와 이게 뭐여.

사고가 정지된 것 같지만

· · · · · ·

사실 너무 많은 생각이 휘몰아치는 중인
종구 씨의 머릿속.

내가 고른
결정이 최선이
아니라면?

골랐는데
맛이 없다면?

해물보다는
고기가 낫지
않나?

아닌가,
순두부찌개는
역시 해물인가.

순찌 말고
다른 메뉴를 고르는
선택은?

가 순찌를 먹자고 한 게
괜찮은 선택이었을까?

닭강정
먹자고 할걸.

그냥
라달라고
하는 게
좋을 듯.

저런저런…

여보는 소고기랑 조개가
들어 있는 거로 시키고

나는 굴 들어간 걸로
시켜서 같이
나눠 먹는 건 어때요?

응!

고민 해결!

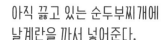
아직 끓고 있는 순두부찌개에
날계란을 까서 넣어준다.

돌솥밥은 따로 그릇에
퍼서 담아놓고

솥에 물을
쪼르륵

구수~

숭늉은 나중에
후식으로 먹어야지.

순두부찌개에
계란이 빠질 수 없고~

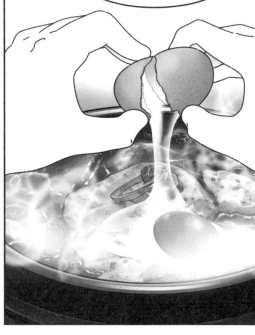

나는 계란
저어서 익히는 게
좋더라.

나는 그대도
익혀서 반숙일 때
터뜨려야지.

휘

휘~

탱글!

한술 떠서

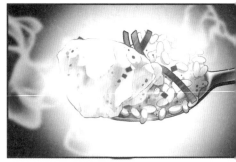

후우… 후…!

앗 뜨

후욱… 훅…!

입에 넣으면 국물은
매콤하고 칼칼하게 넘어가고
순두부는 입안에서
몽글몽글하게 부서진다.

부드럽지만
또 얼큰하고…

속이 얼얼하지만
또 금방
잠잠해지는…!

냠
냠
냠

식사계의 푸딩

따끈

따끈

가끔씩 더 속 편한 순두부를 먹고 싶다면
순두부 맑은 탕으로!

순두부 위의
양념간장이야말로

짜르륵!

커스터드푸딩 위의
캐러멜시럽이죠.

마! 이게
K-푸딩이다!!

밥이 조금 부담스러울 때는
두부김치도 좋지.

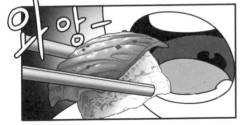

아앙-

두부가 내 위의
어디쯤 있는지
너무 잘 느껴져…

식혀서
삼켰어야죠.

입안의 얼얼한 맛과 뜨거운 속은
잘 식은 숭늉 한 그릇으로
마무리하면 좋다.

꿀꺽

꿀꺽

크으으…!

개운-

누가 보면 막걸리
한 사발 한 줄 알겠네.

좋은 식사였다…

다음에는 꼭
햄치즈 순두부찌개를
먹어볼 거예요.

윽… 이상하지
않을까요?

놀랍게도 부대찌개 비슷한 맛이었습니다.

헉 너무
맛있다…!

다음에는
카레 순두부도
먹어보자!

그건 좀…

순두부찌개는 보이는 것과는 달리 칼로리가 정말 낮은 음식에 속해요.
이렇게 맛있는데 영양가도 높고 칼로리도 낮다니! 더 많이 먹어야지!

수박화채

더위 참기
VS
추위 참기

둘 중에서 고르자면

아스팔트 위에서
계란프라이도 가능

치이익…!!!

얼었어.

직립보행
빨래-!

이것도
얼었어.

당연히 더위
참기 아닌가…?

추운 건 너무
참기 힘들잖아.

덜 덜

6월까지도
전기장판 쓰는 인간

라고
생각했는데

헉

더운 걸
어떻게 참냐!!!

헉

헉

헉

헉

의외로 반대 의견이 정말 많았다.

추우면 껴입으면 되는데
더우면 더 벗을 수도 없다!!

입어도
춥던데요.

살을 에는
칼바람

동상

몸이
얼어붙는 고통

저기요, 더위도
화상이거든요.

물론 찌는 듯한 더위 속
찐득찐득한 몸과 불쾌감,

애앵

앵-

애앵-

특히 윙윙거리는
모기는 정말 싫지만…

이쪽이 대신 전부
물려줍니다.

천연 모기 트랩!

……

벅

벅

벅

벅벅

더운 여름철 쩌억 하고 갈라

한 조각 그대로 먹어도 맛있는 수박을

시원한 음료에 넣어 먹는 음식인 화채!

어떤 과일을 넣든 좋지만

메인으로는 수박만 한 게 없지.

사각

사각

취향이 갈리는 건 오히려 이쪽인 것 같다.

우유파 VS 사이다파

고소한 우유에 설탕과 수박을 넣고 든든하게 먹는 우유 화채

사이다에 이것저것 여러 과일을 넣고
시원하고 청량하게!

상큼한 맛과 민트를 곁들여도 좋은
사이다 화채

하지만 우유랑 사이다
둘 다 섞고

연유까지 넣어서
먹는 게 국룰임.

콸

콸

콸

과일
통조림도!

아아-

과즙이 많은
수박은 아삭하고

아

사

삭..

달콤한 우유에
청량감이 깃든 화채 국물은
시원하게 넘어가네.

과일부터 건져 먹고 나면 수박의 과즙 때문에
화채 국물이 분홍색으로 물든다.

나는 수박즙이
잔뜩 들어간 우유 맛이
정말 좋더라.

분

홍

원래 우유에 뭐 말면
마지막 우러난 우유가
진짜 맛있는 거임.

꿀꺽

꿀꺽

꿀꺽

가끔씩 화채를 만들려고 수박을 쪼개면
속이 푸석푸석하고 맛없는 박수박이
걸리기도 하는데

아…
망했다…!

크기도 커서 버리기도 아깝고
그대로 다 먹자니 너무
많은 양을 먹어치워야 함.

조그맣게 깍둑 썰어다가
수박청을 만들어두면

화채 맛이 나는
수박라테로도 먹을 수 있다.

미니 수박화채
같은 맛!→

가끔씩 시큼한 게
당길 때는

오미자 수박화채로
먹어도 좋아요.

 '먹는 인생'을 연재한 올해에는 신기하게도 박수박이 한 번도 걸리지 않았어요!
내년에도 그랬으면 좋겠는데… 박수박 싫어!

새송이버섯 버터구이

수오수네 집에서
다 같이 고기를
구워 먹었던 날.

많이 먹어라
홍끼야.

감사합니다!

기름지고
짭조름한 냄새…

삼겹살구이는
오랜만이네.

와앙-

갑자기 부모님의 시선이
수오수에게 쏠렸다.

아아-

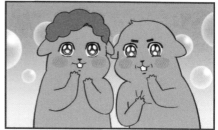

아~

냠

?

우리 수오수가
버섯을 다 먹네…!

?????

갑자기 칭찬 타임이
시작됐다.

수오수가
버섯을 먹었어~!

버섯을 먹다니…
오메데또.

뭔데
아 뭔데.

ㅋㅋㅋㅋㅋ
ㅋㅋㅋㅋㅋ

오메데또…

아니 자꾸 놀리려고
저런다니까.
언제 적 얘기야~!

버섯 원래
잘 먹음.

우리 수오수가
이제 다 컸구나…
흑흑

다 큰 성인인데도
3박 니일 여행을 갔다 왔더니
부모님이 대견하다며
눈물을 지었다든가

아직도 '우리 아기가'라고
운을 뗀다든가 하는
주위의 '썰'들을 듣자면

어른이지만

응애예요.

고기 구울 때 함께 곁들여
구워 먹으면 맛있는 새송이버섯.

지글..

지글...

다 큰 자식이지만 부모님은 아직도
애처럼 보고 싶은가 보다.

버섯
더 먹어.

아니 그니까
잘 먹는다고요.

고기에서 배어 나온
기름으로 구워서

더 맛있고
짭조름해.

하지만 근본은 역시
버터구이가 아닐까!

달궈진 팬에 버터 한 조각.

투

욱

양송이버섯도 함께 구우면 엘릭서 탄생이다.

이게 바로
만병통치약이다.

버터가 녹아내리는 농후한 냄새가 주위로
솔솔 퍼지면 격자 모양으로 칼집을 낸
버섯을 다진 마늘과 함께 버터 위에 올리고

달콤한 간장 양념장을 발라
지글지글하게 굽는다.

관자구이보다 맛있는
새송이버섯 완성!

겉은 조금 단단하고

씹으면 쫄깃하게 즙이 흘러나오는…

달콤하고
고소하고 짭조름해서

흰쌀밥과
훌륭한 조합이야.

버섯과 마늘,
버터…

그리고 들어간
다른 재료 모두

완벽하게 잘 어울려서
멈출 수가 없는 맛!

버섯으로 밥 세 공기를 비운
종구 씨였다.

생각보다 간단하니까 꼭 해 먹어보세요. 밥이 무한대로 들어가는 마법! ✕

레밍턴케이크

우리 집 개들은 먹어보지 않은 음식을 굉장히 경계하는 경향이 있다.

개의심...

이거 이거 밥 주는 사람한테 표정 봐라.

경계심 없는 동생이 먹는 걸 확인하고 나서야

1, 2, 3...

?

그제서야 입에 댄다.

찹찹찹

ㅇㅋ 안전하개.

???

동생을 실험 대상으로 쓰다니

너어 정말 못됐구나.

하지만 이건 동물의 훌륭한 생존본능!

접해보지 않은 음식을 경계하고
안전한지 확인하며 혹시 모를 위험에
대비한다.

움직일 수 없는 식물은 카페인 성분을
만들어 박테리아를 죽이고
곤충의 행동에 장애를 가져오며

그래서인지 구들은
땅에 떨어진 초콜릿을
웬만해선 입에 대지 않는다.

감사합니다…!

의심해주셔서
감사합니다…!

역시
독이었개.

강아지와 고양이 같은 반려동물에게도
중추신경에 좋지 않은 영향을 미친다.

하지만

식물이 자기방어를 위해
만들어낸 카페인이라는 성분은

인간에게 와서 하루를 살아갈
기력을 주는 포션이 되었다.

카페인이 많이 들어 있는 카카오
열매를 가공해 중독성이 강한 당을
잔뜩 집어넣어 만든 초콜릿과,
그 속에 빠져버린 오늘의 음식.

SUGAR

가나슈에
폭신한 스펀지케이크를 떨어트리고

잠시 굳혀 내 코코넛가루를 묻힌
레밍턴케이크.

딱딱하게 굳지 않고 여전히 촉촉한
초콜릿을 겉면의 코코넛가루가
손에 묻지 않게 잡아준다.

스펀지케이크와
초콜릿 그리고 코코넛가루.
뻔한 맛일 거라는 생각이 들지만

왜일까! 상상 이상인걸!

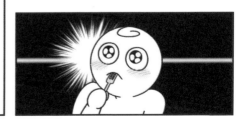

포슬거리고

진득하고
촉촉해졌다가

부드럽게
사라지는…

디저트로서
너무 훌륭한
식감이다…!!!

포크로 스르륵 잘라
입에 넣으면

진한 초콜릿의 카페인이
몸 안에 퍼져나가는 기분도 좋다.

졸린 낮 시간의
잠을 깨워주는

맛있는 간식으로
적절하군요.

그걸 또 카페인 가득 커피와 먹는 인간.

아 ㅋㅋ

이거거든 ㅋㅋ

카페인으로
스스로를 보호해
오던 식물들

잠이 안 와…

절레

레밍턴케이크는 정말 맛있었지만
많이 먹는 건 독이 맞았다.

 극도로 부드럽고 촉촉한 레밍턴케이크는 스토리가 도저히 나오지 않을 때 한 조각 먹으면
스트레스를 이겨내고 마감을 할 수 있게 만드는 원동력이 돼요.

한치

어린 시절 유난히 싫어하는
음식이었던 회.

회를 먹지 못했던 나는
횟집에 가면 항상
콘치즈를 먹었다.

솔직히 콘치즈만으로도
횟집은 갈 가치가 있지.

지금은 회 좋아하지만
횟집에서 콘치즈
안 나오는 거 못 참음.

고등학생 때 횟집에서 알바를 하면서도
도저히 회에는 익숙해지지 않았는데

한번
먹어봐.

비리고… 물컹한 식감에
쇠 냄새도 나고…

도대체 이걸
무슨 맛으로 먹지?

꿀꺽…

초장 맛으로
겨우 삼켰음.

음~~~

음…

처음으로 맛있다고 느낀 회가 바로 한치회다.

한치는 이름만 들으면
생선의 한 종류 같지만

멸치

쥐치

한치?

꼴뚜깃과의 오징어 중 한 종류다.

다리가 한 치 정도로
유난히 짧아
한치라고 불린다.

여름이 되면
바닷가에 한치잡이 배들이
반짝거리기 시작하는데
그럼 아빠도 작은 배를 타고
한치를 잡으러 간다.

잡은 한치를 바닷가에서 바로 손질해다가
집으로 가져오면 동네 삼춘들과 함께
술상을 펼치는 것이다.

왁자

지껄

몸통 부분은 길게 썰어 회로 내놓고
다리 부분은 살짝 데쳐서,
또는 라면에 넣어 먹는다.

그냥 초장에 찍어서
바로 먹어도 맛있지만

투명하고
찰랑찰랑거려…!

조미김 위에 초장을 찍은
한치회와 양파를 한 점씩 올려

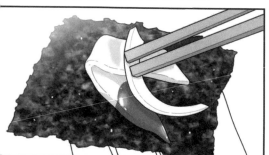

한입에 넣는다.

와앙-

김의 감칠맛과

바삭-

초장의 상큼하고
매콤한 맛,

쫄깃한 한치가
씹히면 씹힐수록
고소하고 단맛을 낸다.

쫀득

쫄깃...

거의 느껴지지 않는 비린 맛은
양파가 잡는다.

보통의 오징어와
비슷하지만 특유의 비린 향은
거의 없고

은은하게 달콤한 맛이
입안에서 퍼지네.

양파가
훌륭한 킥이야.

정말
맛있어요…

데쳐낸 한치는 조금도 질긴 것이 없이
부드럽게 씹히고

아아-

한치가 육수로 우러난 한치라면은
해장으로 그만이다.

이게 얼마짜리
라면이냐.

술 안 마시고
해장하기네요.

잔뜩 먹고 나면 남은 한치를
집에 싸 왔다가
한치볶음으로 먹는다.

여보가 정말 좋아하는
오징어덮밥!

아니
한치덮밥.

입맛이 없을 땐
언 채로 슥슥 썰어다가

초장에 참기름을 쓱 둘러
회덮밥으로 먹기도 하고

또 한 번씩은
물회로 먹기도 하고!

잠이 많아 일어나지 못하는 종구 씨가
아빠의 '한치 잡아 왔으니
먹으러 오라'는 소리에 벌떡 일어나
준비를 할 정도면

한치.

넷!!!

얼마나 맛있는지는

말해 뭐 해…

그 시간에
한 점 더 먹음.

이라고 할 수 있겠다!

술을 전혀
마시지 못하지만

한치회와 함께하는 소주
한 잔의 맛을 모른다는 게
아쉽기도 하네요.

크으!

자리돔은 된장물회로 먹는 것이 좋지만 한치는 깻잎을 썰어 넣은 초장물회가 좋아요.
상큼한 맛이 입맛을 돋우죠!

요구르트

일이 조금 여유로울 때는
이것저것 만들어
저녁을 한 상 차려놓고
남편과 미드를 본다.

저, 저,
침대에 신발 신고
올라가는 것 봐라.

한국인으로서
참을 수가 없네요.

내용도 내용이지만
접해보지 않은
문화가 나온다는 점이
미드를 보는 또 다른
즐거움인 듯하다.

그리고 이런 장면도 자주 나오더라.

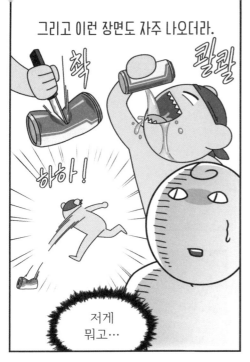

저게
뭐고…

이것을 샷건 비어라고 하는데
쏟아져 나오는 맥주를
단시간에 원샷하는 것으로

맥주를 원샷할 때 많이
이용되는 방법 중 하나라고 한다.

……

왜 멀쩡한 캔
윗부분을 놔두고

위험하게 저런 식으로
먹는 걸까…?

라고 생각했는데

나에게도 그랬던 기억이 있었다.

!

얇은 캡을 손으로 뚫어

뽁!

비닐 포장을 벗기지 않은 채로
빨대를 툭 꽂아 마시기도 한다.

푸우

빨대가 잘 꽂히는
마법의 주문

빨대
꽂아드릴까요~!

한입에 원샷하면 딱 좋은 크기인
요구르트.

꿀꺽

꿀꺽

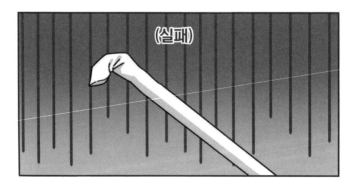

(실패)

하지만 내가 가장 좋아했던 방법은
요구르트의 밑부분을 이로 뜯어

바로
이 부분

까득

졸렬한 입 모양으로
쯥 하고 조금씩 마시는 것!

쯥-

그때는 왜 그렇게
먹는 걸 좋아했을까.

라고 생각하면서도
지금도 드링킹요거트를 십스틱으로
마신다는 걸 생각하면 이해가 되는 부분.

난 단 음료는 십스틱으로
조금씩 먹는 게 좋더라.

쉽슥키?

쯥
쯥

십스틱이요.

단 음료는
감질나게
먹어야 맛있어.

에엑…

여하튼 그렇게 요구르트
밑부분을 입으로 뜯어 먹느라
입술이 찢어지기도 했더랬다.

솔직히 이거 안 해본 사람 없다.

(이런 짓도 자주 했음.)

그리고 요구르트를 얼려 윗부분부터 툭 씹어서 돌려서 벗겨 먹는 얼린 요구르트.

맛있는 요구르트

요즘은 이렇게 나온다지만

뚜껑이 위로!

왠지 이게 더 좋다.

편할 걸 줘도 안 쓰는 청개구리

헤헤-!

윗부분은 쪽쪽 빨면 농축된 요구르트의 달콤하고 상큼한 맛이 느껴지고

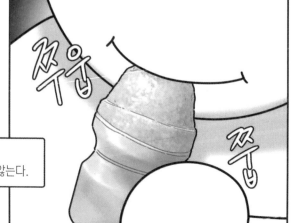

쪽읍

쪽읍

너무 많이 빨면 얼음밖에 남지 않는다.

먹는 동안 살짝 녹은 아랫부분은
손으로 살짝 주물러서 스푼으로 떠먹으면
요구르트셔벗!

사각사각하는 살얼음이 입안에 들어가
사르르 녹는 기분이 참 좋다.

머리가
띵해질 정도로

시원하고
달콤해…!

우유랑 섞어 마시면 약간은 드링킹
요구르트 같은 부드러운 맛으로,

사이다와 섞으면 입안에서 탄산이
보글거리는 요구르트 소다로!

떡볶이 먹고
매워진 입안을

얼린 요구르트로
시원하게 해보는 건
어떨까요!

좋아하는
조합

햐아-

 요즘은 요구르트와 사이다를 섞을 필요 없이 요구르트 소다가 판매되고 있더라고요.
달달한 요구르트에 상쾌하고 톡 쏘는 탄산이 잘 어울려요.

3권에서 만나요~!!

홍끼의 길거리 음식 로드

붕어빵과 잉어빵

붕어빵과 잉어빵은 비슷한 듯 조금 다른 음식이에요. 도톰한 반죽이 바삭하고 포근한 붕어빵과 달리, 단팥 앙금이 살짝 비치는 잉어빵은 반죽에 찹쌀과 기름이 들어가 촉촉하고 쫀득한 식감이랍니다.

타코야끼

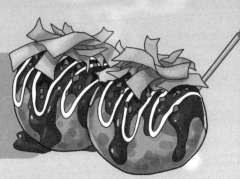

밀가루 반죽에 문어와 파, 양배추 등을 넣고 동그랗게 구워내 가쓰오부시와 소스를 뿌려 먹어요. 짭짤 담백한 감칠맛과 물컹한 식감이 매력적인 음식이에요. 갓 나온 타코야끼는 정말 뜨거우니까 먹을 때 조심!

따끈한 어묵에 짭짤한 양념간장을 찍어 한입 크게 베어 물면 추위가 싹 날아가는 기분이 들어요. 어묵 국물이 배어 말랑말랑하고 쫀득한 물떡을 곁들이면 든든함이 배가 되지요. 쫄깃한 식감은 덤!

어묵과 물떡

겨울에는 역시 길거리 음식!

여러분은 어떤 음식을 가장 좋아하나요?

국화빵

밀가루 반죽에 달콤한 팥소를 넣고
국화 모양의 틀에 구워내는
풀빵이에요. 붕어빵, 잉어빵과는
또 다른 특유의 찐득찐득한 식감이
달콤한 팥의 맛과 잘 어우러진답니다.

계란빵

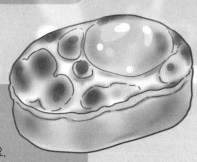

핫케이크맛이 나는 빵에
고소한 계란이 통째로 들어간 계란빵!
달콤하고 짭조름한 맛과
계란의 고소한 맛이 입안에 확 퍼지지요.
하나만 먹어도 배가 든든!

편의점 호빵과 군고구마

겨울철 편의점은 역시 따끈한 호빵!
달콤한 팥 호빵과 야채 호빵은 호빵계의
양대 산맥이죠. 김이 풀풀 오르는 호빵을
손에 쥐고 어쩔 줄 몰라 하다 식혀
한입 먹으면, 얼어붙은 손도 속도
모두 따뜻해지는 마법!

이제는 편의점에서도
쉽게 만날 수 있는 군고구마!
간편하게 찾을 수 있어서 더 좋아요.
버터를 발라 먹으면 그곳이 바로 천국!

먹는 인생 ❷

글 · 그림 | 홍끼

초판 1쇄 인쇄일 2022년 12월 19일
초판 1쇄 발행일 2023년 1월 2일

발행인 | 한상준
편집 | 김민정 · 강탁준 · 손지원 · 최정휴 · 정수림
디자인 | 김경희
마케팅 | 이상민 · 주영상
관리 | 양은진

발행처 | 비아북(ViaBook Publisher)
출판등록 | 제313-2007-218호(2007년 11월 2일)
주소 | 서울시 마포구 월드컵북로 6길 97(연남동 567-40)
전화 | 02-334-6123 전자우편 | crm@viabook.kr
홈페이지 | viabook.kr

ⓒ 홍끼, 2023
ISBN 979-11-91019-90-2 04810